有
度
YOUDU
CULTURE
有度文化

2019年度中国作家协会重点作品扶持项目

大湖消息

DAHU XIAOXI

沈念 著

SHEN NIAN

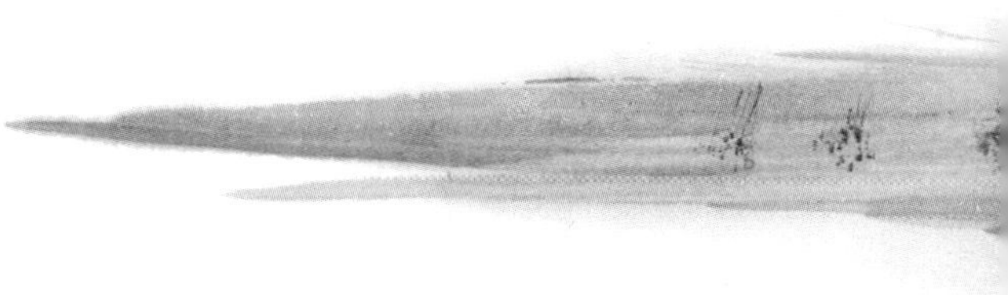

山西出版传媒集团 北岳文艺出版社

·太原·

图书在版编目（CIP）数据

大湖消息 / 沈念著. —太原：北岳文艺出版社，2021.12（2023.1重印）
ISBN 978-7-5378-6499-2

Ⅰ.①大… Ⅱ.①沈… Ⅲ.①散文集－中国－当代 Ⅳ. ①I267

中国版本图书馆CIP数据核字(2021)第263184号

大湖消息

沈念 / 著

//

出 品 人_郭文礼
选题策划_刘文飞
责任编辑_刘文飞
张 昊
助理编辑_马媛慧
装帧设计_张永文
封面题字_王跃文
封面绘图_戴 剑
内文插图_杨发凯
印装监制_郭 勇

出版发行：山西出版传媒集团·北岳文艺出版社
地址：山西省太原市并州南路57号 邮编：030012
电话：0351-5628696（发行部） 0351-5628688（总编室）
传真：0351-5628680
经销商：新华书店
印刷装订：山西人民印刷有限责任公司

开本：787mm×1092mm 1/32
字数：154千字
印张：8.5
版次：2021年12月第1版
印次：2023年1月山西第4次印刷
书号：ISBN 978-7-5378-6499-2
定价：59.80元

倘若世上真有魔法，它一定隐藏在水中。

——［美］洛伦·艾斯利

人类之灵，与水相似。

——［德］歌德

洞庭湖三府卅八县四大水入湖全图

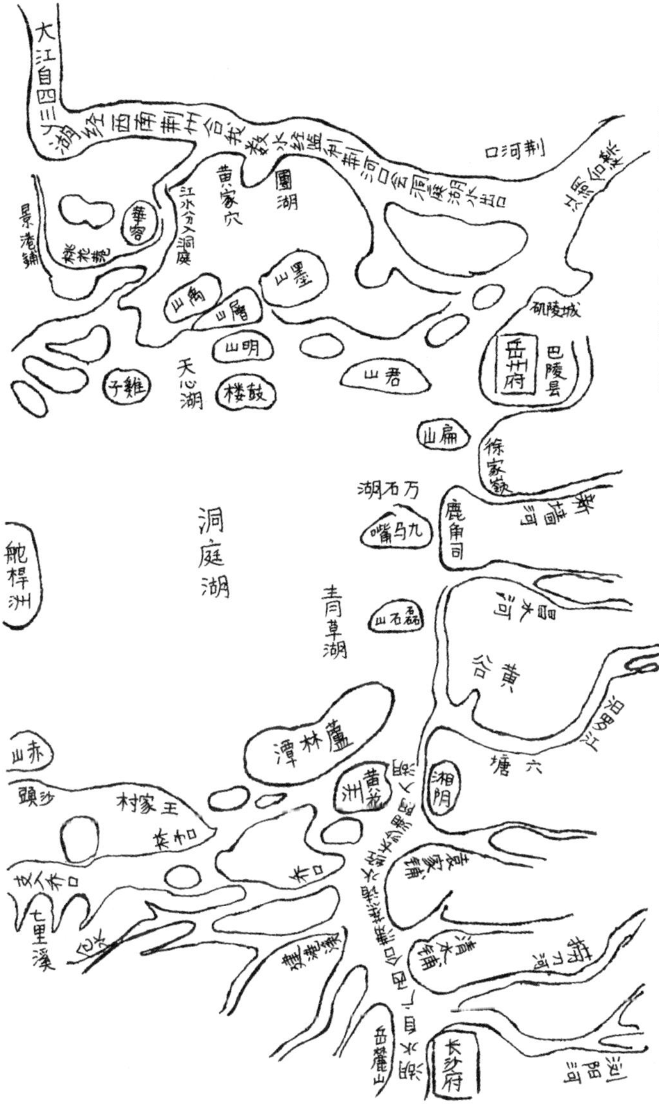

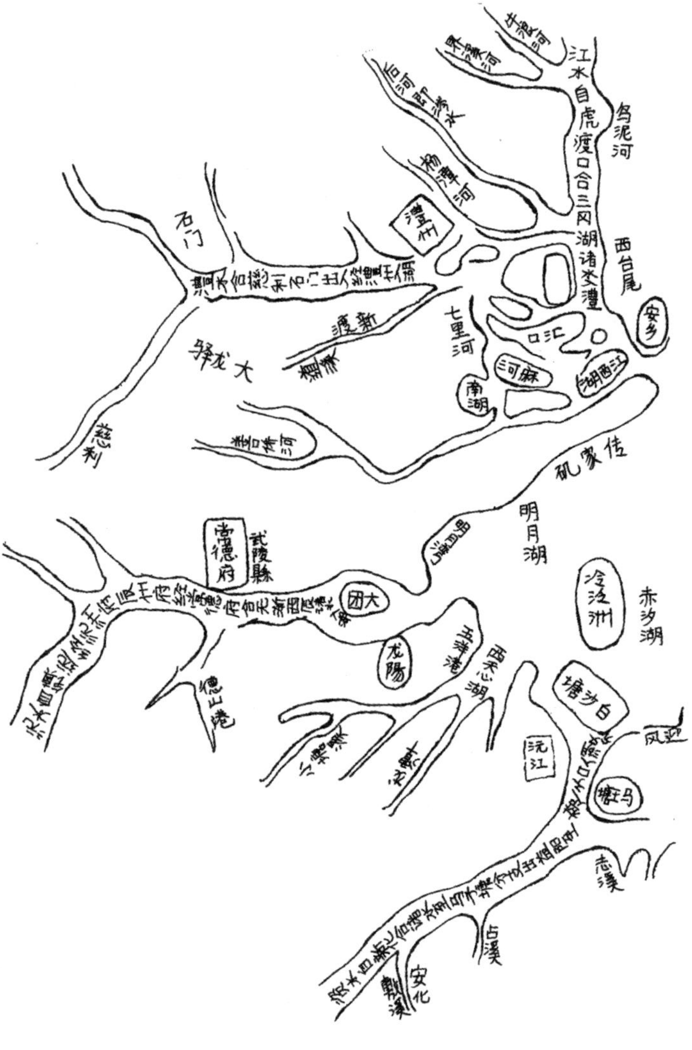
江水自虎渡口合三冈湖诸水交澧
乌泥河
西台尾
安乡
石门
澧州
七里河
南湖
明月湖
冷泛洲
赤汐湖
武陵县
常德府
大团
龙阳
沅江
志溪
安化

目录

下篇 | 唯水可以讲述

上篇 | 所有水的到访

大湖消息

那个早晨有些异常。霜冻尚未化开的旷野寂寥无声，风锋利得像冰碴，从房屋、树篱、林子里跑出来。一只没看清模样的飞鸟，像刺眼的光扫过，轻拍翅膀，沿村庄的边界飞过长堤，隐约留下几声尖细的呼叫，向南飞去。

二〇一五年元旦过后的第三天，一支越冬水鸟调查小分队抵达七星湖。小分队以东洞庭湖湿地保护工作者为主，我是小分队的编外人员，在湖区生活多年的我，却还是第一次真正地深入到湖的腹地。

几个小时后，我们遇见的毒鸟人，秃顶低垂，脸色煞白，呼吸急促，喃喃自语：

“昨晚做了个噩梦，梦见一条船直接撞上了我。”

他的夜晚惊慌滚动，那条梦中飞撞而至的“船”，说的是我们吗？

东洞庭湖空旷无人的“心腹”之地，七星湖水域冷风凄厉，我们与他不期而遇。一年一度的越冬水鸟调查，任务是观测当年飞抵这里过冬候鸟的种类与数量，进行鸟类保护宣传，兼顾观察湿地生态变化。我们压根就没想要遇见他，还有被拔光羽毛的两只豆雁、一只天鹅。那些没来得及彻底清理干净的黑色毛碴，撒遍它们身体的每一寸肌肤，直杵杵地照晃着我们的眼睛，让人无论如何也难以联想起它们飞翔时的美丽和自由。

沮丧的毒鸟人坐在隔舱板的面梁上，双手夹在两腿之间，十根手指绞在一起，指甲藏污纳垢，粗糙的皮肤像堆积着没打扫干净的鳞片。第一次见到纹路如此苍老复杂的手，蒲滚船突然发动，飞驰，他的身体急遽前倾。那只手像一只刺猬披铠带甲扎过来，我站立不稳，无处闪躲。仿佛有看不见的眼泪跟着湖上寒风一起呼啸，还有清早那尖细如冰针的叫声，似乎从没离开过我的耳畔，风声中它变得更加锐利，像成千上万的翅膀密匝匝地扑腾过来。

湖

夜色入冬，薄雾拂卷，阒寂覆盖。

毒鸟人的惊醒之夜，我们抵达那个离城百余公里的小村庄。

穿过村庄，翻上长堤，洞庭湖咫尺之间。东经一百一十度，北纬三十度，是洞庭湖的主坐标。这一经纬度上的冬天，湖水退去，广袤的湖洲湿地一片苍茫，齐整裸露，草苇疯长，坑洼与水沟交错，牛脚踩出一个个坚硬的脚印，小路上泥辙结冻，像伸向湖心的铁轨。

没有人会相信这就是上下天光、一碧万顷的洞庭湖，太瘦了，如同几条分岔的干涸的河流。在有据可查的档案记录里，湖一年年做着“瘦身”运动。《水经·湘水注》中是“广圆五百里，日月出没其中”，唐宋诗文中频繁出现的是“八百里”“洞庭天下水”，也是“浩浩汤汤，横无际涯”“水尽南天不见云”。它已经是一个无与伦比的大湖了，但到了明代嘉靖、隆庆年间还在长大，原因是长江北岸分江穴口基本堵塞，水沙分泄，湖面扩张，往西、南延展出了后来的西洞庭和南洞庭。清道光年间《洞庭湖志》中，全盛时期面积有六千平方公里，差不多是现在的三倍。那张传播印刻的《舆图》，描绘的是湖的全盛期和最大值，此后步步走向的都是湖的衰落。

水去了哪里？水又是从何处而来？似乎每个此刻站在此地的人都会问这两个最简单也是最复杂的问题。

有来水才有去水。洞庭湖的南北两大来水，早已在郦道元记载的“同注洞庭，北会长江”和范仲淹吟诵的“北通巫峡，南极潇湘”中予以印证。北水是城陵矶以上的长江来水，主要是长江荆江段，其实“衔远山，吞长江”中一个“吞”字已道出了江与湖的亲密关系；南水是忝列长江支流的湘资沅澧四水，它们都是先入洞庭后再去往长江的。洞庭湖就变成了一个大口袋般的调蓄湖。但水是不分先来后到的，有时络绎不绝，有时蜂拥而至，加上雨水充沛，如同汪洋大海的湖面会变得格外好看，但“好看”的背后，是湖区老百姓每到汛期都会胆战心惊。

水，忍气吞声，却从不轻易退缩，不计一切后果的报复常常在炎热的夏天实施。洲长湖高，初修的堤垸拦不住无风三尺浪的湖水，垮垸、泡洲、跑堤，人命和财物悉数吞噬。洪水之灾，清光绪十六年（1890）湖广总督张之洞曾在奏折中写道：

> 江水入湖，挟泥带沙以南趋，西湖一带淤地成洲，土人名曰南洲，地广土沃，土客互争，草泽啸聚，实为湖南隐患。且淤洲日宽，湖南愈狭，内水阻遏不消，滨湖州县，胥受其害。

在北斗卫星地图上，湖像一片蓝色的大地血液，汩汩不息，在看似巨大实则狭长的动脉血管中流动。再定睛细看，流动的却是一个毫无规则的多边形，轮廓线豁牙锯齿。自二十世纪二十年代开始，热情参与围湖造田的人们，像蚕一般细细密密地啃噬着洞庭湖这片巨大的桑叶。千里湖洲，百里沃野，顺水而来的开荒者，赤膊吊胯，或者一担箩筐挑着儿女和全部家当，跟着春天一起到来，插根扁担在金子般的泥地里，三天就能“发芽”。这是当地人对开荒年代的形象比喻。

入湖泥沙淤积量大于湖盆构造下沉量，日积月累，平衡状态打破，湖泊变洲滩，洲滩变垸土和湖田，人进水退，与水争地，插秧插到水中央，大湖萎缩加速。那些水中小岛或者成了半岛，或者早化身为一片田野。那些研究者的术语，在精测地图上，变成的是滨湖堤垸如鳞。围绕洞庭湖面积引发的争议，自二十世纪七十年代起就没有停止过。

谁之过?

水所能打开的想象不知不觉地被划块分割，向往的终点在叹息声起处。自然与人之间的矛盾，在这个物欲“满血”的年代，没谁能一下把紧紧缠绕的“结”解开。这个“结”包裹着形形色色的利益，还有各式各样的桎梏、伤害、遗忘与抛弃。湖所承载的那些气象万千的美好，伴随候鸟的漂泊、流浪、冒险而变得破碎与脆弱。

鸟

我们去往的是天鹅最钟情的七星湖，在东洞庭湖西南角。

从市区出发，走省道、乡镇公路、通村公路，一百余公里，路从开阔到狭窄，从平坦到颠簸，途中要花三个小时。挤在我身旁的一老一少，都是东洞庭湖保护区的“老将”。年轻的姓佘，皮肤黝黑，左脸颊一道颜色更深的疤槽。他是保护区下设七星湖管理站的站长，后来一介绍才知道是八〇后，疤槽是巡护途中从摩托车上摔倒所致。问他这条路线一年要跑多少个来回、鸟的多少、观鸟要领……他只言片语，吝啬乏味。

倒是“元老级”的老张话多，愿意满足我的好奇——护鸟的艰苦、打击毒鸟者的艰辛、湿地环境不为人力所能改变的艰难……

老张回忆那些残缺的经历，在狭小的讲述空间里缠绕成一团沉重的情绪，跟着车轮的奔跑发酵、膨胀。老张说起二十世纪六七十年代，村里有专业的猎捕队，县里的外贸局收购鸟羽出口换外汇，猎捕正大光明。后来有了禁令，有了湿地保护工作人员巡查，但冬天困守在湖滩不上岸的渔民，会放呋喃丹毒鸟；冬闲无所事事的湖区周边农民，会偷偷扛着猎枪、土铳、高压气枪恶作剧般打几只鸟开牙祭；还有一种网眼细密的捕鱼工具迷魂阵，被隐秘地安插在鱼虾洄游必经之地，只进不出，伤害极大；有些废弃的网埋在水中，日子久了，水退之后，常常又缠住觅食的鸟，有翅也飞不起来。城里郊外的餐馆明中暗里兜售野味，满足人们的口欲，这里面有暴利可图，就有了毒鸟的团伙犯罪。更久远之前，老张说祖父辈在湖区遇到湖上自然死亡的大雁野鸭，都会捡起来挖个土坑填埋，随手折段柳枝插在坑头上。他这辈子最恨毒鸟的人，前年一桩恶性毒鸟案，现场遍地白羽，鸟睁开的眼睛就如同雪地上踩出的黑洞洞般的脚印。这桩案子大费周章，很长一段时间后才找到放毒的人。老张整天在家郁闷生气，头发白了一圈。

“不是我们没管事，是湖太大了，总有管不到的地方管不到的时候。”记忆碎片像一只只漂流瓶，老张把它们丢进水里，任其漂流远方。

采桑湖是我们的必经之地，也是这片湿地保护的核心区，从十月、十一月至次年的三四月间，跟随枯水期的到来，湖底袒露，湿地天成，恰好成为北方候鸟的最佳迁徙越冬地。住在这里的家户并不多，这几年集中迁到了镇上或安置小区，剩下的老房子，都是一个个的院子，有些勤快的主人，用砍下的粗细匀称的树枝扎成一圈树篱。夜晚打上霜的树篱，在薄雾飞散的晨光里，发出白珊瑚色的光，给村庄添了些冷清。再过些时间，太阳出来后，树篱上挂着的晶亮水珠，如同发光的玻璃球。田野是湿漉漉的，在阳光照耀下，就像大地上被遗落的一颗闪烁的大珍珠。我多次来到这里，和那些渔民、志愿者、观鸟者擦肩而过。湖岸扭着身体消失在视线尽头，运气好的话，肉眼就能越过那阳光弥漫的雾障，看到鸟飞翔或降落的身影。

湖洲的外滩浮动着一片沉甸甸的银灰，偶尔太阳挣出云层，银灰里又掺进些金黄、古铜和锈红。天地间的灰白变得更稠浓，冬天的湖面瘦得更狭窄、遥远，一副冷恹恹的神情。有的路面落满了枯叶，车轮碾过，发出碎裂的声音。声音像块有棱角的石头，砸得水花四溅。

水天一色的远方，候鸟并非想象中那般密集。流线型的体廓，飞羽和尾羽组合成的飞翔利器，鸟十分享受它的飞行特权，也使得它为人所喜爱。灰蒙蒙的天空，一群豆雁星点般撒落，在轻快掠起的飞行中，发出波纹般的微光。偶有形单影只的头上一撮凤凰般艳丽色彩毛羽的凤头䴙䴘、琵琶形长嘴的白琵鹭在近一点的洲滩边优雅踱步。几只针尾鸭夹着如箭镞般翘起的“拖枪”尾巴，混迹于一群肥大的罗纹鸭中。黑色的椋鸟群，像个紧攥的拳头，在惊马奔逃般的甩身中，总有几只掉队的同伴，沮丧地看着高高飞走的队伍，给天空镶上流动的黑边。还有几只麻灰色羽翼的苍鹭，弓着颈，好几个小时一动不动地在浅水里站成一尊雕像，直到游过来鱼虾、泥鳅，才会将细长的尖喙刺过去。在本地人眼中，这是一种懒惰的鸟，渔民给它取个绰号叫“长脖老等”。

我的背包里有一本便携版的《中国鸟类图鉴》，虽然比不上《中国鸟类野外手册》内容丰富，但一千二百种鸟的图片已足够查对洞庭湖上能看到的候鸟。插图中的各种水禽鸟类，色彩繁多且纤细入微，如同实物被压成了书上的一幅幅图案。雌雄、成幼、冬羽夏羽亚种，关于鸟这一陆生脊椎动物中分布最广、种类最多的类群，我熟悉它们的途径就是图鉴手册这类科普书籍，以及朋友们的讲述。当然更直接的是亲身参与的几次野外考察，艳丽的色彩，飞翔穿梭的美妙姿态，我常为寻觅到图片中对应的鸟而惊喜不已。

体表被覆羽毛、有翼、恒温、卵生，候鸟的一切生存之道都在这些特征下展开。毫无疑问，所有迁徙的候鸟都是富有冒险精神的勇士。每年世界上有几十亿只候鸟在秋季离开繁殖地迁往更为适宜的栖息地，而人类的目光很早就尾随鸟的迁徙之途。两千多年前，古希腊动物学家亚里士多德说过，秋分以后一些鸟类由寒冷的国家飞向邻近或更多的温暖地区。而我国秦汉时期也有文字记载："《吕氏春秋》曰，孟春之月鸿雁北，孟秋之月鸿雁来。"

观鸟飞翔是件愉悦的事。我家乡依傍的那条最终流入洞庭湖的长河，在水运繁盛的年代，也吸引过候鸟的停留。儿时，我和小伙伴多次沿着河岸去偏远的河汊看鸟，拼尽气力把石头掷向河面，与候鸟一起"哦耶、哦耶"地惊叫起来。鸟从那尖锐而热烈的鸣啼声中飞出来，挂在水边的池杉枝上，盘旋着飞在我们的头顶。那些快乐，短暂地停留在时光的某个角落，不去翻动就尘垢掩覆。我清楚记得的是我那位知识渊博的语文老师，从鸟类学家的词典中翻找出三个名词板书在黑板上——留鸟、候鸟、迷鸟。这是我第一次从鸟名之外的门镜窥探鸟类，潇洒的粉笔板书，跟着下课铃声的到来，变成三只硕大的鸟从眼前飞远。

“候鸟是最具责任感的父母，它们要保证繁殖育雏期是在最有利的季节环境里发生。”

“一只迷鸟的经历足以写出一部风雨颠沛的长诗。”

“恋家的留鸟不懂飞往他乡的乐趣，是故乡的忠实守候者。”

后来在读到靠着行吟诗人背诵流传的《荷马史诗》时，我又为受天神捉弄的奥德修斯这只独特的“迷鸟”着迷。因天气变异而漂离迁徙路线飞到异地的鸟，是迷鸟的书面释义。奥德修斯在海上多灾多难地漂流十年之久，归家途中遭遇不可抗拒的飓风暴雨，生存的本能让他屡屡流浪他乡苟且生存。“迷鸟”奥德修斯最终归到故乡伊塔克与家人团聚，而一份载明发生在一九三七年间的观察记录显示，一场风暴把一群挪威的田鸫赶到了英格兰，这种眉纹细窄、黑褐眼颊、蓝灰尾羽的鸟，从此改变迁徙习性，在格陵兰南部定居下来。移情别恋的迷鸟从此随遇而安且忘记故乡。

忘记故乡，不也同时拥有了另一个故乡吗?

影

天气预报没提到有雨，但我们赶到一个叫注滋口的小镇装备“粮食”的时候，阴霾的天空飘落几丝细雨，从脸颊上一划而过。

小镇倚靠一条枯竭的河流，一大片积雨云在河的西北面集合，然后扇面般展开，像千军万马奔杀过来。这是一个与我家乡极其相似的地方。水运掌握着地方交通运输命脉的年代，这里船只来往，货物吞吐，流动着“小汉口”式的熙熙攘攘。从镇政府走过时，我看到大门口挂着一副对联：

地利扼华容，水陆双通，商贾繁荣小汉口；

文风延古镇，诗联冉续，名声蔚起大潇湘。

文字中的虚荣，过去的市井喧嚣，如枯叶簌簌扑落，空余今天普遍切身体会到的“寸寸肌肤寸寸凉”。那是“回不去的故乡”散发出的凋敝与清冷。街面上流动的身影，一瞬间竟让我仿佛又看到孩提时跟踪过的，从街上走过、从村庄的小路走来的孤独、踟蹰的身影。

见到毒鸟人的那一刻，我既感意外，又丝毫不诧异。他不过是从那些重叠的身影中走出来的一个。

那是一天中最安静的午后时刻，衣着邋遢、神情木讷的老男人从街上走过。他目光游移，脚步拖沓，没人知道他此时出现的意图。背后有三两个站在店面前的中年妇女嘀咕着他的过往。性情孤僻，好吃懒做，一事无成，最让人诟病的是这个年近六旬的老男人从未娶妻生子。在旁人的记忆里，他沉默寡言，长久以来与弟弟一家人住在一起，很不讨亲人的欢喜。他从偏远的村庄到镇上的次数不多，仿佛每次只是闲逛。那时节的棉花地里正是一年四季最忙碌的节点，绵绵阴霾，虫害来犯，让棉农们叫苦不迭。好奇者的目光终于尾随老男人走进了一家卖种子化肥农药的商店，他逡巡于玻璃柜台前，犹豫地打量着拥有千奇百怪的名字的商品，不吭声气。店里的女营业员冷冷地睃他一眼，又专注于手机游戏的摆弄。良久，看着他拿着一包广为人知的克百威杀虫剂出来，人们漾起波澜的心湖才趋于平静。老男人不过是受家人指遣，来购买一包农村常用的杀虫药剂而已。

老男人原路返回时就揣着乡下人俗称“呋喃丹”的杀虫剂。这种氨基甲酸酯类广谱内吸杀虫杀螨杀线虫剂，学名“克百威”，杀气腾腾，威风凛凛，二十世纪六十年代初由美国创制，一九六七年推广，纯品为白色结晶，但多为紫色颗粒，溶解于水的温度底线是二十五摄氏度。按中国农药毒性的分级标准，呋喃丹属高毒农药，不能用在蔬菜和果树上，可用于多种作物防治土壤内及地面上的三百多种害虫和线虫。但不知从哪一天起，它被某个愚蠢的念头改变了用途，嗜杀成性的细小颗粒抛洒在候鸟出没地带，一只只踱步寻食的鸟惘然不知啄入食道的颗粒见血封喉。细颗粒的危害性远远超出我的想象，鸟食入一小粒足以致命，中毒身亡的小鸟或其它昆虫，被猛禽、小兽或爬行类动物觅食后，还可引起二次中毒而致死。

从事媒体工作的朋友谈起经历过的一起天鹅恶性死亡事件。前年他在七星湖的苇丛中亲眼见到几十只天鹅、雁鸭集体中毒。那些中毒浅、尚未死亡的天鹅，嘴流涎水、眼泪滴淌、瞳孔缩小，抱在怀中能感受到肌体如风吹枝杈般的震颤。朋友讲述时的情绪也在震颤，仿佛乌云压积，等待雷电撕裂，暴雨冲刷可耻的卑劣行径。毋庸置疑，毒死天鹅的罪魁就是呋喃丹。保护区的人把这种在阳光下会变紫色的颗粒说成是候鸟的“闪电杀手”。照此看来，因为预测不到的意外，候鸟的南渡北归，既是生死契阔的相守，又何尝不是一场生死离别的演出。天空书写着一行鸟的语言：“是迁徙，也是消逝！”

老男人的毒鸟计划是来小镇的路上萌生的吗？我宁愿相信那是他后来的“恍惚”之过。这个可怜的人，没有得到同乡之间一声温暖的问候，他也主动躲开那些好奇者的视线，悄无声息地走远。人间冷暖在他心中，也许早已没有了温度的显示。乡间野外，夜色张开狰狞大嘴，吞噬夜归路上踽踽独行的老男人。当我们到来时，夜色也一步步驱赶着拂不散的清冽寒风，钻进我们全副武装的身体。

风紧刮一阵后慢下来，水波粼粼，每一块水域都变成了一条条发光的鱼。植被、鱼类、田垄林地上悄然跑过的野物，与重峦叠嶂的鸟影，被一柱柱棱镜笼罩其间，折射出湖泊、湿地与人的暗变。喧闹的天空，容易让外来者沉浸其中，当声响骤然消失，大地孤寂无语，只留下那杳然消逝的翅膀划过的影子，像胸中吐出长长的叹息。

夜晚就这般降临我们身旁。

夜

远离人群聚集的七星湖管理站，正在垒砖砌瓦。屋后是一片枝叶稀薄的水杉林，表情冷漠，目视前方，像一群裸体男女的行为艺术。一群椋鸟突然从林中喷雾般飞出、盘旋，又遮蔽了这片栖身的树林。我刚认识这种朱嘴橙脚的鸟，它的头与颈部是丝光白色，胸和背是灰色，翅和尾是黑色，也带着点蓝绿色金属光泽。群飞的椋鸟，无疑是一道空中风景，像卷起的旋风和移动的云层，天色在明暗间发生着太极形状的变化。

临时管理站的小方牌挂在租借当地农民的房子门顶，这幢两层平顶房位于通村公路干道旁，房子除了两名工作人员的床和配备的摩托车、台式电脑这些基本设施，空荡如也。晚饭后，我被安排住进一户农家超市。超市新开不久，在通村公路的尽头，门头上的横大招牌喷绘了“崔家铺子”四个硕大黑体字。

老板是一对胖墩墩的中年夫妇，自家的房子，二楼隔成几间客房，电视、热水、信号不稳定的Wi-Fi，一应俱全。我质疑把住宿开在这种偏远之地的收入状况。

男的自信满满地说：“客人？当然有，像你们一样来看鸟的。”

“嘁。”一声不屑未完全出口，我立刻噤声，没敢打击他。这地方，除了专程跟着保护区的工作人员来，业余的观鸟夜宿者恐怕少之又少。太偏僻了。

昏黄的天色被冷风剪成碎片，细雨发出银灰色的光，通往田野的小路上落叶凋零。椋鸟早飞不见了，散落在树洞或哪家墙洞里避风躲雨。饭后的时间并不晚，外面却更早地变成一团墨黑，除了偶尔有小货的和归家的拖拉机驶过的声音，世界早已安眠。我下楼，夜色侵蚀屋内，日光灯光芒稀薄，货架上的食品、日用品蒙着薄薄的尘灰，忙碌完的夫妇守在电视机前，女的盯着一档咯吱欢笑的综艺节目咯吱得左倾右倒，望都没望我一眼。

目光投入野外，黑暗狂潮般涌来，瞬间吞没我看得见的一切。风吹来的寒意变成小方格形状的冰块，冷冰冰地滑进脖颈，凉到脚心。我脑子里浮出奇异的画面，夜的海洋里，体积庞大笨重的座头鲸远航而至，夜浪没有丝毫声响，哺乳动物中迁徙距离最远的座头鲸神态安详。天空发出幽幽的蓝光，寂静凝固，我听到自己的心跳，仿佛旷野里群鸟低飞，传来深深浅浅的墨绿色鸣叫。

喔啰。哦耶。

是我的错觉，整个晚上，没有一声真正属于鸟儿的叫声。

候鸟入眠，坐卧刺骨寒冷的野外，在湿地黑色硕大的子宫里，沉睡如婴儿，开始甜美的寻梦之旅。野外气温降到零度以下，仅靠羽毛的覆盖、蹼皮的包裹，鸟儿安然无恙。鸟特有的羽毛让人艳羡，那些色泽不同、柔软无比的羽毛，连同羽衣在体表形成的有效隔热层，是绝佳的保温良品。

度冬的候鸟中没有猛禽，自然看不到那如同满弓时射出的利箭般的身体。总是有些遗憾，但对栖息的候鸟而言，它们少了同类的攻击，会多一些安全感。我看到过一只站在野外的白鹭，那一刻，神圣仿佛降临，它像一位长相清癯的神父，为了未尽的救赎，独自站在荒芜之中，毫无惧意，除了等待，只有等待。

所有候鸟的一生都会等待一次万里飞行吗?

有的鸟飞的时候很轻，像风吹起一片落叶，又像从枪口冒出的一缕青烟。候鸟能感受到微妙的空气变化，阳光普照，温度上升，田野上的湿露变成一股股热气流，能托起候鸟的欢愉。它们的飞行、滑翔和振翅，会没有规则地改变方向。有时交替着左右盘旋，有时朝一个方向顺时针转圈。候鸟的飞行是最自由的舞蹈表演。

保护区前后来过许多位做生物科考研究的年轻博士。年轻人总是对未知充满着探寻的渴求，而又最愿意分享他们的渴求。与我同行的那位清华大学生物学专业的林博士跟我画图讲解，鸟正羽的末端是挡风的屏障，绒羽滞留一些空气，减少对流；尾脂腺分泌的油脂给全身羽毛涂上一层油膜，加之羽毛细微结构间的空隙异常紧密，鸟羽的抗湿功能绝无仅有。还有候鸟身体的颤抖，竟然是靠此增加热量而维持体温。这种热量是从脂肪酸氧化中获取的。北极小鸟白腰朱顶雀，你不敢相信它能在零下五十摄氏度生存三小时……我可是第一次听到这些有趣的知识。

我盯着滔滔不绝的林博士，崇拜的目光让他以为自己的讲解出现了知识性错误。我眨眨眼睛说，继续继续，您知道得太多了。他马上提醒我，看你就是没经验，围脖、护膝、收口的裤子，这样才扛得住野外的冷冻。悲剧的人们，身体走上了一条与鸟儿分岔的演化之路。人因为使用火和衣物受到惩罚，一旦脱离保暖取暖物的依附，在寒冷的世界会迅速面临性命之忧。

夜晚之于候鸟，还有另一种存在的意义。林博士聊到鸟的夜间迁徙，这是它们自我保护的一种方式。躲避猛禽的袭击，把受敌害威胁的风险降至最低，夜间候鸟有自己辨析方向的本领。即使没有月亮，云的反射、星的闪烁、水面的反光，也能让候鸟辨识地面轮廓，不致迷失。他提到一个叫“圆月观察”的网站，是由全世界各地大批鸟类学家组成的观察家网，他们一般选择晴朗的月圆之夜，在不同地点同时观察，用望远镜对准月亮观察候鸟飞过圆月时留下的阴影。隐身于阴影下的丰富数据，居然是用来帮人们了解候鸟迁徙的时间、路径，以及与天气、地形的关系……

回到现实的夜晚，谁也不曾料到，趁着夜幕的掩护，冒着寒冷的毒鸟人摸着水面反射出的暗淡之光，悄然把死亡送到候鸟的身旁。我不知道，美好的一天将结束于一朵黑色而阴鸷的乌云。

湖洲之上，到处都留有候鸟的印记。风疯狂地摇动着大地上的事物，圆镜般的湖面陷入黑暗，候鸟的夜晚从来都布满凶险。夜晚掩藏着罪与罚，大自然中秩序的破坏者，最乐意制造这种混乱、盲目和无序。

人的脚印歪歪斜斜。毒鸟人的夜晚一路走得惊慌失措，次日清早，他撇开夜梦的不祥，拾回了欢喜的“猎物”。早早苏醒觅食的天鹅与豆雁，啄食了那种叫“呋喃丹”的毒药后倒地身亡，重返北方家乡之路被拦腰劈断。毒鸟人心满意足地回到船上，准备点火烧水，钳净鸟羽，对候鸟生命的睥睨，让他毫无罪恶之感。而那时我们刚走完通村公路，车拐上大堤，路面颠簸，车速放缓，碎石在车轮下暴跳如雷。

静

一道长堤划开人与水的界限。越早之前，恣肆汪洋覆盖这一片更为广阔的滩涂野地。地质变动、气候变迁、河流影响，让洞庭湖像张水网，星罗棋布地撒在这片土地上。它又是一个向心状的水系，有名有姓入湖的河流，东有新墙河、汨罗江，南有湘江、资水，西有沅江、澧水，北有松滋河、虎渡河、藕池河、华容河。而湘资沅澧四水的大小支流有四千余条，常被人们提及的有潇水、蒸水、洣水、涟水、浏阳河、沩水、邵水、渠江、志溪、辰水、酉水、溆水、溇水、渫水、道水等。

湖洲上看不到也从未建起过威武标致的房子，粮食作物从来长得漫不经心。芦苇草房、砖屋瓦房头一年秋天建起，第二年夏天冲毁，春收还没被胃壁消化，夏收被水一笔抹去。水所鲸吞的就从别处讨回来，而人面对洪水的侵扰，从没有过积累财富的念头。风口浪尖上讨生活的人，战天斗地，依旧是其乐无穷地在季节的更替里与自然博弈。说是讨生活，但湖区那些丰富的食用植物和鱼类资源，从没让人失望过。人走到哪里，栖身之所就在哪里，那些莲、藕、菱角、芡实、茭白，那些芦苇、蒲草、席草，吃食用度随处可见。“有种皆收，俗称一年收可敌三年水。”《洞庭湖保安湖田志》中的记载，说的就是大自然给这片土地的厚爱。

过去冬天抵临的候鸟，比现在更多，但对于人而言，在那个连生存下来也困难的年代里，它们只是肉食、皮毛和工分。当地一个叫“老鹿”的猎人，在二十世纪六七十年代，曾带领村里的打鸟队，一铳猎杀一百八十七只白鹤，这份记录从此无人打破。那是一场声势浩大的屠杀，白羽飘飞，血溅成河，但物质匮乏年代的人们从没意识到自己的罪行，而是欢欣鼓舞。与饿肚子比起来，人们宁可背负所有的罪。可笑之极的是，动物学家的调查数据，往往就诞生于生产大队或者土产、外贸公司的数以“担”计之中。最近的十几年里，每年来此越冬的白鹤远不及过去的零头。湖区的物种和生境遭遇的巨大破坏不可避免，没有人懂得破坏和保护意味着什么，也就不会有人流露出哪怕如隙流般的自责。

堤坡下种着一小片欧美黑杨林，细瘦光秃，孤独地站在风中。湖区田地比丘、冈平坦，土层深厚，质地疏松，光温充足，可垦价值高，便于耕种，家家户户的门前屋后，空地也是草植茂盛。前些年，湖的周边突然刮起一阵“造林风”。黑杨、意杨，这些能快速带来经济效益的树种，在湖滩周边大规模地林立起来，这一度让当地林业部门引以为豪。被蒙蔽的人们不知，这种长势很快的经济林木，对湿地的改造能力无比强大，每棵树的每条根，就像日夜不息的抽水泵，把水分吸干，湿地转眼间就成为旱地。一字之差，带来的恶性结果是那些原本供鸟类栖息的湿地、滩涂减少，土地坼裂，像一双双泪已流干无法瞑目的眼睛。而苔草、辣蓼这些过去茂盛的草本植物，被黑杨、意杨发达的根系驱赶远离，那些雁、鹤也因食物缺乏继而销声匿迹。

车轮摩擦堤面的粗糙砂石，发出刺耳的“咔咔”之声。四望萧瑟，“咔咔”的声音敲打着悲凉的心。情绪起着波澜，使得短暂的车程仿佛走过一段漫长的时光。我们从新沟闸下车步行，一道长长的斜坡连着一条弯弯扭扭的窄路，伸向东洞庭湖的腹地。新沟闸只是长堤上众多简易水闸中的一个，枯水季节，它唯一的作用是湖堤上的地名标识。这里是渔民相约出发的起点，湖水被堤坡拦隔的终点，也是寒冬从湖里上岸进城的必经之路。

老张说，别看湖区大，上岸进城的口子并不多，保护区的人守在新沟闸，就抓获过偷猎、毒鸟的人。插翅难飞，逃无可逃。

“寂静其实是一种声音，也是许多、许多种声音。”美国声音生态学家戈登·汉普顿曾无比痴迷地追寻过的寂静，是此时湖洲之上唯一的声音。风响、渔民迎面相遇的招呼问候、三轮车的颠簸、看不见身影的鸟鸣，都归于寂静。我们经过一处浅水洼地，一个穿长统靴的渔民在妻子的协助下，正在引排洼地积水，一长溜儿渔网像怀抱一样截住出口，体形细小的死鱼密密麻麻漂浮在网围水面。这种令人深恶痛绝的枯竭式捕捞，渔民心安理得。左前方出现一圈壮观的矮围，停在矮围外的一辆载重货车不知是如何驶入的，车厢堆满又长又粗的竹篙。几处搭起来的施工台上，几个缩头缩脑的男子正在绑固铁丝拉起丝网，远望真像那种高大上的高尔夫练习球场。待来年涨水退去，游进矮围之中的鱼都成了“瓮中之鳖”。

鱼再多，风餐露宿的渔民终归是弱势群体，拥有这块数十上百亩矮围的“渔翁们”，表面上是被解散的当地渔场职工，签订的也是特色养殖的项目协议，但幕后操纵者往往有着说不清道不明的复杂关系。洞庭湖的公共渔业资源，到底是被哪些人给掠夺了？跟洞庭湖打了多年交道的老张向我发出这般疑问，可这样的问题永远不会有满意的回答。后来有桩闹出很大声响的毒鸟案，为首的一个绰号叫何老四的人，就常年在矮围附近浅水水域非法投毒猎杀越冬水鸟。

唉！我们的纠结，最终以一声长叹草草收尾，然后支离破碎地摔落苇丛中。

泥泞是湿地的常态。脚下的小路坑洼不平，人、车、摩托碾过的印辙交错，细细察看还可辨识出大鸟的爪痕。被人避开的地方，泥泞深厚，表面上看并无异样，若一脚踩下去，会深及膝盖，黏稠的泥浆像是湿地分泌出来的霉菌，又像是被踏平的八爪鱼，挣扎着在地上攫紧、吸附、摊展，吧唧、吧唧。这是令人恶心的响声。但有的候鸟喜欢，有很多虫螺藏身泥浆，它们只需要睁大眼睛寻找就可美餐一顿。

毒鸟人几天前也应是从这条必经之路走过的。小路与一条十米宽的沟渠平行，沟渠的水连通七星湖。当地渔民挖渠引水，目的是在秋冬季节方便运输收获的鱼、需要修补的渔猎工具。沟渠走到转弯处，几根木杈搭起一张低矮简陋的木棚，一条底朝天的小木筏，一个穿着寒碜的妇女翻捡着船背壳上晾晒的翘白刁子、黑背鲫鱼。鱼是过冬和即将到来的春节餐桌上的一道必备菜，“年年有鱼（余）”的心理暗示从不曾撤离人们的头脑深处。

没有一只候鸟出现在我们的视野。如此天气叫人迷惘，空中迷漫着一层层淡淡乳白色的水雾，寂静也有了颜色，一泻千里，没有褶皱。

我把嘴张开，伸出舌头，感受空气中的风和冷意。重复儿时在下雪天的调皮动作，我自己都禁不住哧哧发笑。他们看我一眼，也许并没看到我在做什么，却也莫名地跟着笑起来。

任何声音在阔大的寂静里格外敏感，一缕细小的颤动都会传入耳中。我们急速走动的脚步声、衣服背包的摩擦声，瞬间被泊在岸边的蒲滚船轰隆隆的发动机声吞没。嚣张的声音吐出一大团气泡般的呛人青烟。长相奇怪的蒲滚船是湿地特有的交通工具，外观像苏式拖拉机车头，螺旋桨式的车轮由十片巨大的铁叶片组成。我们乘坐的木船被绳索牵引在后，仿若前往打麦场的拖拉机车厢。

轰隆声一路把寂静刺破。船轮滚动激起焰火般的泥花，拖船走过的地方留下一条“道路”，隔一段时间就会悄然消失。驾驶者是七星湖的原住民，他熟悉这个季节湖里的路况。有些沼泽地段，蒲滚船和再老练的渔民也不敢放肆，荒野之地，一旦陷入泥潭，叫破嗓子也没人回应。

风

湖风是一阵阵的，像不稳定的情绪，突然来个疯狂的打滚。风呼啸的时候，我们乘坐的船像要被一双巨大有力的手掀翻。那道若有若无的地平线，也在空气的浪流中更加缥缈。一群群静卧在洲滩上的候鸟，倒是无惧这点风波。若不是认出不同种类的鸟，我会觉得我们一直在一条没有尽头的跑道上原地踏步。

湖面依旧开阔，却没有了往日水波涌动时的起伏。隐藏在时间深处的地质演变，让东洞庭湖形成了独特的湿地系统。半陆半水，冬季近地层温度比同纬度远湖区域平均温度略高，丰富的植物、鱼类遍布，候鸟也把不寻常的生命轨迹留在这里。我翻开厚厚的鸟类图谱，读着纸上的候鸟。

小白额雁、东方白鹳、戴胜、红脚苦恶鸟、棕背伯劳、白腰杓鹬、凤头麦鸡、扇尾沙锥、丝光椋鸟、阿穆尔隼、斑鱼狗、蓝喉蜂虎……这些美丽的名字，是东洞庭湖湿地有记录的三百多种候鸟中的一些代表。多数鸟的纲目科属下又拖着长长的鸟种名单，全球有近万种鸟，东洞庭湖的候鸟所占不到百分之四。

我非常惊诧这数量庞大的种群，由衷赞叹某些观鸟者辨识它们之间差异的本领。鸟的纲目之间的形态虽然丰富，但比脊椎动物类群的科属之间差异还小，喙、腿、脚、羽毛以及内部器官的微细差别，构成鸟之间区分的依据。一位长年跟踪鸟类拍摄的摄影家朋友告诉我，非专业研究的观鸟者，往往是从炫耀行为、鸣声、形态的差异来判断，鸟种分辨的乐趣和难度就藏身这些差异中。这让我想起看过的美国电影《观鸟大年》，铁杆观鸟爱好者布莱德仅凭鸟的鸣叫就能准确断识名字、种属、习性，对鸟的热爱与专业为这个大龄宅男赢得了一个异性观鸟者的爱慕，收获一份迟来的爱情。还有一个候鸟成就姻缘的现实版，就发生在这片湿地上，老张兴致勃勃地说起两位高校大学生，来自南北两座不同的城市，在参加东洞庭湖同一次鸟类监测的野外调查中偶遇，缘定终身。候鸟成为爱情的见证者。

这是多么美好的一件事，每一次走进这片野外，即使候鸟沉寂，也还能听到它们的温柔私喁在空中遥远却清晰地回荡。

往湖的腹地走，走多远，风像野孩子般尾随，撒开脚丫子奔跑。老张说，风是候鸟生命的一部分，只有在风中，它们才算真正地活着。万里之外的生灵，全靠风力的托送，才完成生命的迁徙。

前方总有橙色的光，一粒奶糖的形状，又幻身为脱兔般披荆斩棘穿越白雾，不远不近地在眼前晃动，但我们没有办法说清那究竟是什么。

搁浅冬眠的渔船，是湖上最大的“鸟”，像“老等”一样守着冬天的时光。剩下的少数渔民利用冬闲清理渔具，他们把“地笼王”这种长长的网兜埋伏好，碰运气收获些春节年货。这种深受渔民热爱的渔具，是不劳而获的代名词，“地笼王”匍匐在浅水中，大小鱼通吃，进得来出不去，也常网住几只贪食的鸟。保护区的人见到这种地笼王是要收走的，但渔民又会

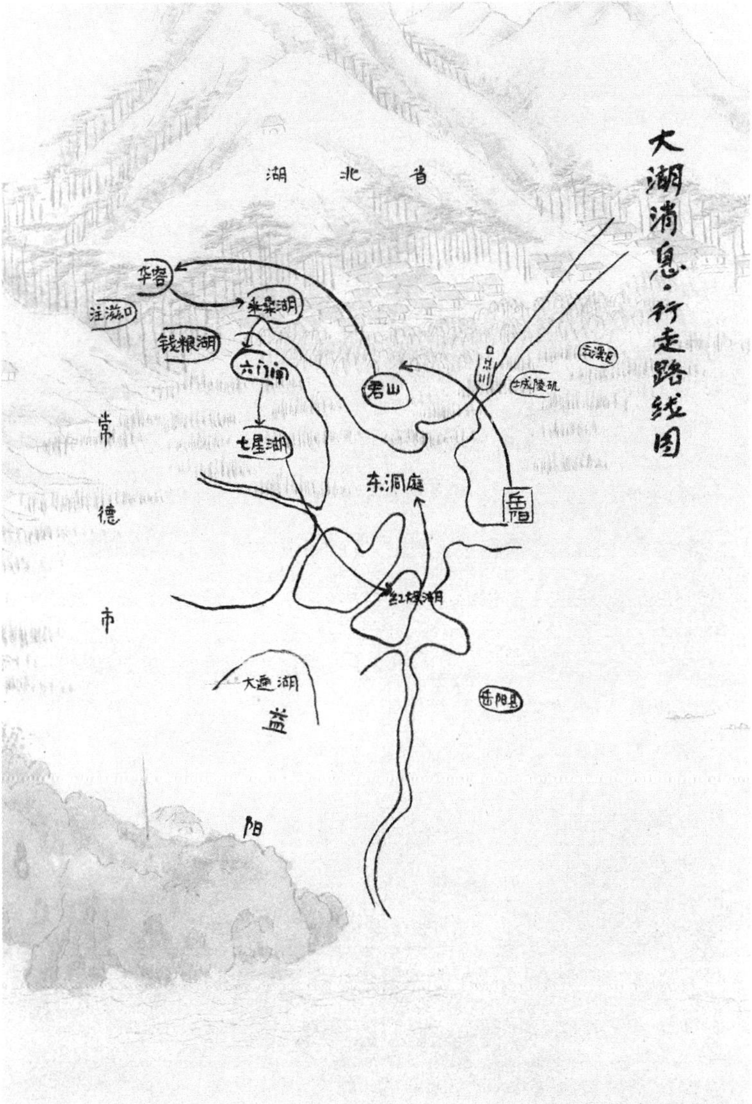
大湖消息·行走路线图
湖北省
华容
注滋口
钱粮湖
六门闸
七星湖
君山
城陵矶
云溪区
东洞庭
常德市
大通湖
益阳
岳阳县

暗中从别处买回来，他们几乎都没有想到，这种从祖辈手上流传下来的捕鱼工具，会在不久之后随着一个十年禁渔期的到来而从生活中消失。

湖上原来浮着的雾，聚拢起来，在空中变成积云，看似在远处，却偶有淅沥的雨丝飘来，闪过我的脸颊。顺着延伸的目光，候鸟渐渐多起来。有的鸟永远也学不会安静，它们鸣叫着飞起来，翅膀在阳光下，留下一道银色的弧线，像一面镜子对光的回应。

候鸟是不是飞得越高就看得越远，尚不能完全确定，但鸟有最为出色的视觉，可以进行完整的环行扫视，会在飞翔中认清地面上的人和奔跑的动物。遇到狂风，翅膀飞动的阻力加大，鸟拍打的动作会变得短促而飘移。

小余站长拿起价值不菲的一台SWAROVSKI 牌望远镜瞭望，我第一次从这种昂贵而精美的单筒望远镜里欣赏目力所不及的远方。译名为“施华洛世奇”的望远镜防尘防雾防水，影像清晰，色彩自然，在雨雾天气、阴暗环境下使用，景物细节依然全现眼前。

我搜寻着天鹅，开始是零零散散的一只、两只。逆光又有些许雾霭的遮挡，众多的白琵鹭、白鹭缩小成一个个白点，赤麻鸭、罗纹鸭成群地驻守各自的领地，有的鸟天生扮酷，独自在浅滩觅食，用喙戳刺着草地。远处水的反射，让湖上的晴空显现一种幽蓝的光。全身赤黄褐色的赤麻鸭嘴里蹦出的叫声，像从山顶滑下的雪球，是爆破般的响声，但在遥远的距离里，会渐渐虚弱，变得悲伤起来。雄性赤麻鸭脖上有一圈黑色颈环，它的嘴、脚和尾也是黑的，飞起来的时候，羽翼的黄白两色，非常打眼。赤麻鸭在湖区比较常见，有时也会跑到农田和湖塘去觅食，潜水是它们的长项。它们看似安静地游在水面上，突然会来个俯身，翻滚入水，动作麻利，出水后嘴里吞咽着鱼虾，头却不停地四周察看，警惕地护卫着自己的安全。而它从水中飞起，湖面涟漪绽放，也溅起晶莹的水珠，在空中花朵般盛开。

蒲滚船加速向湖心挺进，船后溅起的泥浆飞起老高，进入视野的天鹅数量暴增。几十只天鹅组成的群落跑进我们的眼中，它们弓着几近直角的颈，悠闲且优雅地静卧水上。别的鸟始终飞得快速，“施华洛世奇”的取景框隔着那么遥远的距离，也无法装下它们和大地。蒲滚船停在原地，嘟嘟抖动，小余站长记录卫星定位，说这里进入了天鹅的集中栖息区。

象征着纯洁的天鹅是备受瞩目的一种鸟。天鹅在西伯利亚苔原带繁殖，冬季迁徙至中国东北部至长江流域湖泊，外表有着最为圣洁的色彩分布，以洁白为底色，黑色镶黄边的嘴基，黑脚，结群飞行时习惯排列V字形，身高不会超过一百四十二厘米的小天鹅合唱时的声音如鹤，发出悠远的“喀哩、喀哩”

声。我遗憾地从小余站长那里得知，体型高大一些的大天鹅在东洞庭湖罕见，它飞行时发出的声音是“咔喔、咔喔”，相互联络时的声音像响亮的号角。

望远镜“施华洛世奇”帮我一次次“抚摸”着天鹅。我热衷寻觅天鹅起飞时的身影。一两只，有时是一支小分队，拖着略显肥胖的身体，却有着制造美丽飞翔的才能。天鹅身躯庞大，我真担心它们飞不起来。

任何鸟的飞姿都是无可挑剔的，这份向往首先源自人的缺陷。飞翔的天鹅让人怦然心动，在翼和尾的协助下，踏波助跑，完成凌空、滑行、穿越、翱翔等赏心悦目的一连串动作。天鹅飞行时基本上是鼓翼、滑翔、翱翔三种方式交替，它宽大的双翅快速有力地扇击，翼尖向前向下挥动产生推力，起到类似机翼产生升力的作用。其实它的每一片初级飞羽，如同一个螺旋桨，推力大于阻力时，它的飞行就获得加速，仿佛一架从厚厚云层中破空而出的飞机。它的力量从收紧的翅膀里爆发出来，如同海面上迎浪而行的鱼鳍，激荡的浪花四溅，变成满天云霞，空中的白色精灵，被渲染成移动的金色斑点，散出模糊却透明的光，让人感受到一种沉静之美。

无法想象没有羽翼的飞行，如同没有风的天空。有一次我在保护区的救助站，察看一只被救治的豆雁。它的尾羽宽阔而坚韧，张开时犹如团扇，这是飞行时的“舵手”，转向、减速和着陆，离不开它的掌控，而双桨似的鸟翼，展开时既有机翼般的飞行表面，又靠翅尖向下，向前扇击产生推力。在不同的空气条件下，鸟翼改变形状，翼和躯体的相对位置随之发生变化，那些高超的飞行技巧因此诞生。

午后到来，阳光驱散雾霾，水面浮光跃金。随着气温的攀升，鸟儿也欢愉起来。成百上千只赤麻鸭飞旋追逐，像玩起了太极布阵的游戏，白鹭如往昔成行列队地飞翔。猛禽是独飞侠，而鹤、雁、鸭在群飞时要排出美丽的“人”字队形，反嘴鹬会飞出一条长而宽的长链，抱团旋飞的椋鸟总是突然就出现在你头顶。

多数候鸟迁飞都是无纪律者，松散、零乱、没有阵形，比如那些可爱的胖嘟嘟的赤麻鸭。鸟去一湖皱，鸟来半边天。中华秋沙鸭飞起来的时候，有着迷人醒目的黑与白，它的嘴形侧扁，前端尖出，像微微弯曲的钩子。黑色的头和上背，与白色的下背、腰部和尾上覆羽，缠绕着黑色鱼鳞状斑纹胁羽。在贴近水面的那一刻，它被强烈的阳光刺亮，就像一头飞跃出来吐气的黑江豚。小余站长打开话匣子，像谈论自己的孩子，对候鸟的熟稔让我刮目相看。

他突然发现了一群黑尾塍鹬，赶紧把“施华洛世奇”递给我。这是中国旅鸟，洞庭湖也仅是它远行的能量补给站。黑尾塍鹬全身是泛绿的棕色，喙嘴尖长，长腿伸展，疾飞时像一柄刺破空气的长剑。腹部有薄薄的花纹，如一片狭长的叶子。它的叫声像没有礼节的人发出的野蛮大笑。小余站长说，夏天要遇见它们在深水捕食，红得像火焰的繁殖羽，落水时倒映在水面上，像一块烧红的烙铁哧哧冒出一片滚烫的水汽。

毒

鸟的翅翼之下埋藏着太多学问。毒鸟人不会懂这些学问，也看不到天鹅美丽的飞翔。他那双纹路复杂的手，却泄露了人内心的恶念。

毒鸟人并未出现在“施华洛世奇”的视野。夜间投毒的经过，当然是来自他人赃并获后的供词。

太阳仍自照耀，但湖上看不到影子，湖风中感受不到热度。阳光下的羽翼总是刺眼的，不是因为它们的色彩，而是每一次远行途中命运的未知。有的鸟打开翅膀和尾羽，在顺风气流中高高飞翔，用身体在空中留下一根消失的线条。到了第二年，它又会画出另一根线条。

候鸟在人们心中激发的孤独感，会在广袤天空里放大无数倍。那些叫声，泣叫、啁鸣、低吟、颤鸣、喘叫、咆哮、沙哑、呻吟、嘶鸣和尖叫，似乎有着各种色泽和形状，依旧是孤独的汇集，即使是飞翔的翅膀，也像是孤独在天空扑腾的象征。

太遥远了。从北方的寒冷海域到南方的热带珊瑚礁、沙滩和深海槽，峰巅、高原、台地、荒漠、湿地、草原、海滩、森林、热带雨林，鸟的身影穿行于这些大跨度的栖息生境。即使是集居东洞庭湖这片面积一千九百平方公里的湿地，大小湖泊十数个，不同的鸟会不约而同地选择性栖息。比如七星湖，是天鹅最眷顾的地方，也是毒鸟事件多发水域。

在去往下一个观察点的途中，插曲发生了。我们意外地遇见一只天鹅浮卧浅水面，细长的脖颈失去了往日的柔软而变得僵硬。这是老张指的一条路线，他原本闭目休息，突然站起来指挥驾驶者向十点钟方向行进。小余站长说老张的耳朵精灵得很，听得懂鸟的絮语，空中的风和湖水的密谈。

船从死去的天鹅身边驶过，老张弯腰把它捞起。在捞起的一刹那，我的心一沉，跟着天鹅的脖颈往下垂落。死亡的阴影吞噬了它生前的荣光。我们这一天美好的心情自此晦暗密布。

突然有尖厉的声音遥远地传来，我抬头寻找，又从“施华洛世奇”里搜寻。远处像是发生了一阵骚乱，很多鸟飞起，其中有一只天鹅，正穿过一片黑压压的杓鹬。天鹅像一把光剑，刺过黑暗，杓鹭群一阵痉挛，四面惊慌地散开，天鹅似乎回了回头，像是抖落身上的尘灰，愈发孤独得耀眼。但没过多久，它的头和尾看不太清了，和雾茫茫的天空融为一体，隐约还能看到羽毛形状的摇曳，听到鸣声中难以名状的孤独凄凉。那是为同伴生命遽然离去的悲悼，也是对天地虚无惘然的沉吟。

风似乎停了，没有丝毫生命体征的天鹅被小心翼翼地放进了船舱中部的塑料框中，头靠着左侧船舷，褐色虹膜的眼睛圆睁，昔日洁白的羽毛，沾上泥水，凌乱脏污。天鹅死因只有两个——自然死亡或被毒死，需要进行解剖后才能得知。有经验的老张在湖上滚打多年，深知胆大妄为的毒鸟分子常常铤而走险，一只天鹅上了餐桌价格到了上千元。他当机立断，到附近的水域踩一踩。这是巡查执法的暗语，那些散泊在洲滩四处的船只，也许就藏着见不得光的罪行。

那些散泊的船，像灰色岛屿，在大海黑金般的波纹之间无助地站立着。蒲滚船朝“灰色岛屿”前行，迷蒙的光线，斜斜地流动，让湖泊柔软的线条变得生硬。

一条小木船孤苦伶仃地停靠在一片水域。慢慢靠近，那个穿着破旧棉袄的老男人，站在船头，缩着脖子，双眼迷惑地看着我们“飞撞”过来。一道自筑的泥坝挡着，蒲滚船没法靠边，我们被迫停在离船十余米远的地方。老张用当地话和老男人打招呼，试图借助拴在木船边的小舟筏渡上船。老男人装聋作哑，磨蹭几个回合，断定我们的不善来意后，带着跑脱的意图往泥泞滩涂上走。老男人一步三回头地张望，也许是想以远离的方式来阻止我们的脚步。茫茫大泽，身如泥胎，他岂能仅凭双脚之力而逃离。

终于上船的老张窝着一团怒火，很快掀开了掩藏被毒杀天鹅的船板，这印证了他的预感。旋即，他跳回蒲滚船，麻利地解开大拇指般粗壮的绳子，指令驾驶者踩下油门，一溜儿青烟，像降妖宝瓶吐出的烟雾，蒲滚船向湖中远去的黑影飞扑上去。老男人片刻之后被押解上船，船舱厢板下的脸盆里，藏着刚钳净羽毛的豆雁和天鹅。船尾简陋的煤炉灶台下，剩下的半包毒药很随意地丢在那里。包装袋上“克百威”三字气焰嚣张，杀气弥漫。

“什么时候下的毒药？”

“在哪片水域？”

“剩下的毒药藏在哪里？”

“还有没有毒死的鸟藏在别处？”

“同伙上哪里去了？”……

老张咄咄逼人，有些得意，也有些愤怒。摇身变成毒鸟者的老男人，磕磕巴巴地回答，声音低到泥滩之下。他的身体不停颤抖，发白的额头冒出汗珠。七星湖上劲风疾吹，正把他的魂魄抽离。

毒杀是猎鸟者的惯施伎俩。一个参与洞庭湖江豚保护的青年渔民对我说，没什么奇怪，年纪大的渔民，都有过毒鸟猎鸟的经历，只是过去从未有人追究这种恶劣行为。我也曾从保护区收缴的一堆捕猎工具中逐个“欣赏”人的聪明和狡诈，其中有一种专门针对天鹅的连环兽夹。猎鸟者在天鹅出没的水域埋下一串兽夹，当天鹅助跑起飞的瞬间，兽夹会死死地把脚钳住。一位摄影师拍下过一张天鹅吊挂着铁夹飞翔的著名照片，空中的那块“黑斑”，刺痛过很多人的眼睛。那些工具的背后是五花八门的捕猎方法：插天网、下滚钩、放铁夹、布套索、电击、枪打、投毒。这当中属投毒最危险也最常见。百分之七十的水鸟死亡皆为毒杀，它们几乎全都走上了餐桌，在食客的齿缝间吞吐出被啮碎的骨头。

“没有买卖，没有杀戮。”印在环保宣传册上的口号，从没让猎鸟者的贪婪自觉收敛。

飞

老张突然跟我谈到红旗湖的老鹿，这个我前面提到过的神枪手，又被人唤作“老鹤”，其外号的来历并非源于一天猎杀上百只白鹤的记录，而是他对一只受伤白鹤的救护。我在记忆里翻找老鹿瘦弱的身影，我们第一次见面的那个下午，他带我走在湖堤上，谈论过去的时光。这个言语不多的老头，却热爱说人与湖的变迁、鸟与人的爱恨情仇。

“这是不是人老后的标志？”他微笑着向我询问。水当时覆盖了整个湖洲，太阳钻进一块边缘被照亮的阴云，发光的边缘像是熔化的铁水，涌动翻滚着。他指向足迹到过的地方，都是一片苍茫，而我的心里涌上来的是另一种隐秘的痛楚。这痛楚后来会突然从我眼前耳边跳出来，发出大火的浓烟和刺耳的枪声。

风蹦起来，呼啸快一声慢一声。夹杂着的尖细如冰针的叫声，突然一下就消失了，像一根紧绷的橡皮圈猛然松绑，瞬间弹出，空余震颤。云的聚散完全被风牵引着，天空偶尔会剥下披着的外衣，露出身体上一片亮晃晃的白。太阳低矮，发出冰冷的光，晃人眼睛。前方像是世界真正的尽头，却又一无所有，没有归途。人与湖上万物的距离，被风吹走了，那些候鸟向我们走近，它们扇动翅翼，像一条新的地平线，在荒凉、空旷和苍白中拔地而起。

老鹿的故事，在冰冷覆盖的野外被讲述，就像燃起一堆小小的火焰，比灰烬多一些梦想的火焰，让寒冷的身体有了片片暖意。湖洲上的每一位寄居者的生存能力都与脚下的土地不可分离，甚至有着内嵌的命运关联。

二十世纪九十年代初春天的一个黄昏，这位以猎鸟闻名的打鸟队长从野外归家，在芦苇丛中偶遇一只受伤的白鹤，低啭的痛苦哀鸣，让那双长满硬茧的拿枪的手无端地抖动起来。特别是对视中白鹤眼神里的恐惧和绝望，突然勾起一种痛彻心扉的震颤。这种体型窈窕的鸟，对浅水湿地的依恋性特别强，绝大多数是飞往鄱阳湖越冬，只有极少数停留在洞庭湖区。在打鸟人眼中，这是可遇不可求的机会，但他放下了手中的枪，心中的震颤让他改变了主意。他怀抱白鹤回家，点燃酒精灯，给自己的刮须刀消毒，又缓慢地切开白鹤受伤的部位，取出嵌入体内的铁弹珠。这也许是曾从他枪口下逃生的一只鹤的后代，或者就是被他打伤的一只。看到白鹤渐渐柔和的眼神，一个鲜活的被挽救的生命，他混浊的心情顿时澄净下来。第二天清早，他破天荒地没有背着铳枪出门，而是从野地采回来一些植物的根茎、嫩芽，还有少量的蚌壳、螺蛳和小鱼。精心护理一个多月后，白鹤痊愈放飞，展开一双狭长的白翅，用力扇动，腾空而起，黑色的初级飞羽在明朗的空中，发出黑金般耀眼的光，像颗流星沿着天际一划而过。

白鹤飞走了，老鹿的心也空了一块，他脱口唤出鹤的名字："飞飞！"冬去春来，很长一段日子，那个空旷的角落，看不到影子，却总是有翅翼扇动的声响。第二年秋天，也是黄昏，有人在屋外大声叫喊着："老鹿，老鹿！"他立直身体，侧耳听到几声清悦熟悉的鹤鸣，走到外面，是带着伤疤印记的飞飞回来了。激动的他没有想到，一只鸟如此懂得人间的情义。他也在那一刻解答了那个久久缠绕心中的关于人与自然相处的问题，只要人停止杀戮动物，给它们自由安定的空间，它们很快会忘记曾经发生在自己身上的血腥经历，而与人重归和睦。

老鹿像抱着自己的恋人，和飞飞在屋前坪跳起了双人舞。第三年，飞飞带回通体雪白、喙脚红亮的伴侣小雪。“通人性的飞飞还‘救’了落水的老鹿孙女。”这件事是老张讲给我听的。

那一年，老鹿的孙女在湖塘玩耍，不小心掉进水里，呼叫声惊动了附近的飞飞和小雪。飞飞见此情形，拍翅一飞落到老鹿家，咬着他儿子的裤脚往外拽，呀呀地叫唤着。飞飞的奇怪举动让老鹿儿子有种不祥的预感，立即拔腿就往外跑，留在现场的小雪也是急得一个劲地扇翅膀。老张发表自己的感慨：“多亏了这对白鹤，孩子才得救了。动物通灵，有时你还真不能不信。”

周边渔民交口相传这段温暖的人鹤情。也许最初的猎杀并非老鹿的个人本意，保护却成为他步入老年之后的生活注脚。从环保意识淡薄和声音微弱的年代走来，他无比执拗地劝阻当年的打猎队员放弃捕杀候鸟，误解、敌意、反抗、冲突、伤心、坚定，在这条并不顺畅的护鸟路上，所有的荆棘和艰难被他独自消解。这位远近知名的护鸟人，后来是国际鹤类基金会成员中的第一个渔民，多年的野外捕猎经验，让他对东洞庭湖鸟类的习性和生活区域了如指掌，如同一张候鸟保护的“活地图”。有多少鸟的死与生，在他的手里迁徙往返，如同梦幻一场。又一年，东洞庭湖飞来了三百多只白鹤，罕见的鹤群栖息于此，吸引了很多国外研究专家考察，老鹿护鸟的故事传到了全世界。

有一天，老鹿站到了电视舞台的聚光灯下，真诚忏悔他的杀戮之过，也是重现他参与护鸟后虽艰难却欣慰的时光。他捧回一项“年度法治人物”的荣誉，那是二〇一二年，他七十二岁。两年后的九月，在洞庭湖畔生活了多年的他因病去世。我记得当老猎人拿起那杆锈迹斑斑的猎枪回忆往日的“神勇”，颤抖地讲述与白鹤之间的深情往事时，眼睛里扑飞着闪亮的泪光。

那泪光如一条经历伤痛后的受洗之河，日夜流动。我一直记得。

鸣

任何候鸟的迁徙之路，都是天空中一条没有端点的线。

蒲滚船吞吐轰隆的声器。毒鸟人的喉咙发出几声模糊的笨拙之音，被稀落的牙齿咬碎，有些像一只肥胖的赤麻鸭发出。坐他身旁的我扭头寻找，声音受惊吓般地跳走了。

声音对鸟是一种无条件刺激物。小时候我十分迷恋父亲单位一年轻人的口技，他能模仿好几种鸟的叫声。当他和我单独在一起的时候，他会噘起薄薄的双唇，响亮而迷人的音节从齿缝间一个个蹦出。他并拢手指，拱圆手背，靠近嘴唇，发出一长串仿佛歌唱般的声音。那些看不见形状的声音，旋转着飞到枝丛间，跟着鸟儿一起跳跃，我有时又怀疑那是鸟发出的真实声音，而年轻人不过是扮着假动作迷惑我，赚取我的崇拜。

到了湖上，总会遇到候鸟，有时候天空都要被它们的声音倾覆。嘶鸣、欢叫、嘀咕，跟随着飞翔中的坠降、攀升、旋转、追逐，如旋涡般缠绕在一起。声音在天空留下一道道曲度不一的弧线，鸟飞远了，边缘锐利的余音还在半空儃回。在鸟的世界里，没有犹疑，没有后知后觉，敏感的听觉系统一旦预测到警报，就会毫不犹豫地飞离，留下一片惊慌失措的嘈杂和几片扇翅落下的轻盈羽毛。

我强迫自己用心聆听过鸟的声音，它们的鸣啭和叫唤，但至今只能辨清三五种最常见的。鸟的鸣啭像正式登台演出的歌唱，而鸣叫只是闹市叫唤声中的一个个响亮音节。鸟的发声不只是情绪的传递，还是占区、求偶、领域戒备、配偶间联络及协调繁殖行为的指示，鸟声的变化，有的多达二十余种。风托着鸟的声音，远远地吹送而来。观鸟途中，我渴望听到天鹅婉转、高亢的声音，屡屡被蒲滚船的轰隆噪声掩盖，仅有的几次停歇之间，我屏息凝神，张大耳朵，可那些白琵鹭、白鹭、罗纹鸭鸦雀无声，天鹅之间曲颈嬉玩，偶尔传来啭音低沉的几枚声响，老张说是赤麻鸭打出的“嗝”。放大这嗝声，像看到一个气息粗犷的活物摇摇摆摆地奔跑过来。

每只鸟都有自己的声音。迁徙中的集群生活，鸣声发挥着强烈的通讯作用。夜间赶路的鸟，在暗黑的天空中看不见彼此，鸣声理所当然地成了聚集的讯号。鸟的听力异常敏锐，不会错过那些呼唤加入队伍的声音，飞行的冲动不可抗拒，即使是那些尚在休憩的小鸟，也会跟随头顶上飘过的叫声腾空飞起。深蓝色的苍穹，柔软月光之下的鸟飞翔，这样的画面想一想都是一种清爽的视觉享受。

毒鸟人一路上目光僵硬，突然从喉咙里发出受到惊吓般的怪声。老张跟他唠着过去，他就叨念起穷困窘迫的处境，一个人，没有钱，漂泊不定，靠帮人守船收鱼赚几个小钱苟且偷生。他脚上的鞋子后跟磨去了大半个底，和年轻人走路轻快、前脚掌着地不同，他是整个脚掌平放，后跟用力大，导致磨损厉害。他说自己并非有意去毒鸟，不过是给自己即将度过的冬天准备一些肉食，他要在破船上住到开春，过年也回不了弟弟的家。

“那间房子已经荒芜。”他突然冒出的这句话指向不明，然后任凭我们怎么问也不启齿。也许他有过一间曾属于自己的房子，却失忆般丢掉了详细地址。

这些哀求之词一时让我变得恍惚，眼前的这个老男人经历的悲催生活，毫无温度，连一只鸟也比不上。“可怜之人必有可恨之处。”老张嗤之以鼻，搬出硬邦邦的教育之辞，然后扭头懒得理睬。

逝

电话通知的森林公安已经在前来的路上，审讯清楚情况后，最严重的可判毒鸟人一年半载的狱中生活。“野生动植物资源保护”条例的出台，“全面禁止非法野生动物交易”决定的实施，是法治对这片湿地的光照，却仍然被许多法盲渔民当作耳边风吹过。每年的越冬水鸟调查，其实也是一次保护宣传。船舱的木板上贴着水生动物保护招贴画，大家也许看到了，有好长一段时间都沉默不语，死不瞑目的鸟让人压抑。我想象天鹅中毒时的惨状，扭动、扼喉、抽搐，如同波德莱尔在《恶之花》的诗中写到的：“几次伸出抽搐的脖子抬起渴望的头，/望着那蓝得可怕的无情的天空，/就像奥维德的诗篇中的人物，/向上帝吐露出它的咒诅！”

天地一片沉寂，浅水地带折射着光，这面“镜子”似乎一触即碎。我把手放在鸟的羽翅之上，五指艰难地滑动，过去的柔软与温暖消失，取代的是棘手和冰冷。远处有鸟的鸣叫，拍打着天空，如同走到世界尽头的悲凉，大雨如注。

森林公安是老高领来的。老高人如其名，身高体壮，保护区内的猎鸟、毒鸟案件几乎都是他经手办理的。他甚是气愤地说起二〇一一年的一个捕鸟案子，六人猎鸟团伙，分工明确，有人出资、收鸟、养鸟、销售，有人将猎捕的野生鸟分类、计数、记账，有人负责踩点捕鸟地、安排捕鸟人员住宿生活。他们购买了七十捆竹竿、捕鸟用丝粘网，用录音机、粘丝网、竹竿等工具进行猎捕野生鸟作业。猎捕野生鸟期间，主犯还在村里租了一间民房和一块稻田，在稻田中搭成四间简易棚，将非法猎捕的活鸟放在简易棚喂养，养肥后销售至广东。案发时，这个犯罪小团伙共猎捕了野生鸟两万两千多只。老高赶去囤积死鸟的现场，上千只已去羽毛并腌制的死鸟，看不出曾经是哪种美丽的鸟儿。检验中心的结果传来的检测结果，标注了这些鸟的种类：黄胸鹀、小鹀、灰头鹀、栗耳鹀、黄腹山雀、褐头鹪莺、白头鹎、树鹨、蓝喉歌鸲。

我哑然，这些鸟儿，我只在鸟类图鉴上见过。

回到管理站的临时驻地，等待已久的森林公安做完毒鸟人的笔录后，寒气早已将夜色凝固结冰。乡间小路弯弯曲曲，眼睛看不到车灯以外的视野。体虚的毒鸟人禁不住颠簸呕吐起来，逼仄的车内散发恶心的气味，车窗一开，冷风刮进来，又引发新的呕吐。这是我一次很糟糕的乘车经历，但看着后座老男人的衰样，刚发酵的恨意又重重地摔下悬崖。我无法言述，这个夜晚空空荡荡，永远都不愿回忆。

杀戮往往热爱从夜晚出发。一个地方媒体记者一年前曾在网络推出的捕杀候鸟的视频，立刻引发一片哗然。在湘黔赣交界的山区，捕鸟是祖辈承袭下来的生活乐趣。当地土著村民，开着外地牌照豪车、拎着猎枪的寻欢者，在候鸟抵临的夜晚，他们架起鸟铳、竹竿、大网、高频电灯，守候骚动的到来。上百盏大灯白刷刷地亮起，把黑夜打成一张白花花的屏幕。寻光择路的飞鸟经过，一个个白光点，随着此起彼伏的枪声坠落。杀戮结束，肩扛蛇皮袋的收鸟人迫不及待地交易。“长脖子鸟味腥，便宜，短脖子鸟肉厚味鲜，好卖也贵。”“宁吃飞禽四两，不吃走兽一斤。”那些在小县城市场和餐馆里的炫耀之词，让人心生寒凉。从北向南，一条穿越饥寒、寻找温暖的千年鸟道，成了候鸟的死亡之旅。

我离开七星湖，在清晨奔赴省城的火车上看完视频，窗外晨光熹微，天际缕缕星蓝散发的光焰，白得耀眼，悲伤巨流。

伤害的贪噬从来没有停下过，那些怀抱侥幸心理、置律法于不顾的人，一次次冒险踏上杀戮的道路。老张在我离开七星湖后的第三天打来电话，半欣喜半愤怒，几个在矮围从事非法捕捞的渔民，外运大批毒死水鸟时被查获。他们把呋喃丹埋进剖开的小鱼肚内，沿鸟聚居的浅水泥滩洒落。而那些死鸟，被他们悄悄地送到了一些隐蔽的餐桌上。我询问毒鸟人的下落，老张说他被送进了看守所，没有人探望过，他的弟弟接到森林公安的电话就挂断了。亲情早已远离这个失败的男人。这真是一种奇怪的遇见，我与他从那天回城的晚上分手，也许再也不会见到他，却记住了他衰败的眼神。

“鸟去湖空，是迁徙，也是消逝。”我再次深刻洞悉这句话的含义。

永远生活在黑暗中的人是不会有视觉的。内心被毒蚀的毒鸟人看不见候鸟的美丽，也顾惜不了对生命的尊重。候鸟在自然界最大的危险敌是人，人对鸟的伤害应该被挂在天幕昭示，但鸟总以宽宥之心，压制愤怒、恐惧，也不像希区柯克导演的电影《鸟》中群起而攻击人类，它们淡然回避，躲到云朵、树林、山川、河流之上，把身体与灵魂交付大自然。它亲近友善的人们，不带着任何仇恨飞向迁徙之路。候鸟在洞庭湿地上连接的不是乌托邦的理想，而是人类诗意栖居的现实与田园梦想。

痛

二〇二一年盛夏，我从七星湖返回，特意绕道去了趟采桑湖。二十世纪五十年代末，钱粮湖农场围垸，隔出了一个万亩水面的采桑湖，成为东洞庭湖保护区内灰鹤、豆雁、小白额雁、罗纹鸭、须浮鸥、反嘴鹬等候鸟的主要繁殖栖息地和食源补给地。这里的人因湖聚居，农场改制建镇，在二〇一四年前一直是独立的集镇。集镇下辖的村庄中有很多老地名，诸如乾隆、先锋、钱口、观音、烟墩、肖台等，慢慢从行政地图上合并消失了。

采桑湖大堤是一九五八年修筑的，两水夹堤，通往的钱粮湖农场是当时声名赫赫的粮食生产基地。这也是一座洪水来临就会险情不断的长堤，根本原因在于它所建的地方曾是湖洲淤陷处。年年坏，年年修，自大堤修建次年始，就时常出现沉陷、变形、开裂、外鼓和滑坡，为了保垸内安全，人们又一次次对这条病险长堤进行修护。一个错误的选择，为之要付出的代价是没完没了的，多么的讽刺，这就是现实教训。一九九八的一场特大洪灾过后，国家痛定思痛，提出“退田还湖、退耕还林、平垸行洪”的政策，意味着湖区围垦的历史终结，要将过去占有洞庭湖的水域退还给洞庭湖，给洪水让路。水利建设的演变也在干预着湖的生态变化，长江上游三峡自二〇〇三年蓄水，抗洪的声响就越来越弱，有人说，三峡大坝解了洪水之围，水一蓄，洞庭湖就不用担心了。“洪水奇迹般地解决了，”老张叹了口气，“现在不是水多了，逢上旱季是洞庭湖要找长江借水了。”

“借水？”我寻思着，真像一个笑话。

沿着长堤，湖上的绿光晃眼，像从天而降撒下一张斑斓大网，网格之间，是鱼鳍般的小波纹，层层叠叠，湖水吃着岸边的碎石粒上涨，太阳炙烤着村庄的房屋、田野和浩瀚的湖面。这是与冬天迥异的景色，不同质地的开阔与空旷，不同感觉的生机与活力。夏季留余的候鸟种类不多，有白鹭、戴胜、苍鹭等，多是栖息在内湖、沟滩和林丛。它们躲在绿荫深处，发出悦耳的鸣叫，像是炎热中吹来的一缕清凉之风。枯水期的到来，水位持续下降，湖面越来越小。老张不经意地说出一个让人沉思的细节："过去跑监测站，都是长筒雨靴，现在穿皮鞋就够了。"

到采桑湖，必定要落脚六门闸。这里的外滩水草丰美，曾经的天然牧场，后来成为洞庭湖的吃鱼打卡地。前两年打造的洞庭湖生态渔村，为渔民上岸建设的安置小区全都装扮成门店模样。住六门闸一带的都是渔民，现在统一社区化管理，渔民身份变成了城镇居民。往西几公里的堤面又在修坝，坝址位于钱粮湖镇境内，钱粮湖是当年的国有农场，这个名字至今还充满着通俗的寓意。路不通有好几个月了，没有过往车辆，生态渔村就没有生意，几个见过世面的经营者，动脑筋拍摄抖音视频，网络传播开来，有着惊奇的效果。十年禁渔，湖上看不到一条船，他们过去到湖上收鱼，卖野生鱼的历史也随之结束了。如果有人问有没有野生鱼，立刻就会招来老板的一顿白眼。那些整齐码在大箩盘里的鳜鱼、翘白，是从紧邻长江的城陵矶码头上的一个农产品物流市场买来的。经营户晚上开车一个多小时去那里挑选，买回的鱼被湖风吹上一天，进了冷库，没过几日就都走冷链物流送到全国各地。

我跟那些改变了身份和生产生活方式的渔民打探一个人，五年前轰动一时的毒鸟案的主犯何老四，能吹漂亮的哨音，模仿鸟声，几近乱真。大家叙述的不同细节，总让我像听一个有头无尾的故事。于是朋友帮我联系了当上保护区副局长的老高。老高清楚那些人的底细，湖上的每一桩打鸟、毒鸟案，必经他手。

老高和我的一面之缘，还是几年前从七星湖押解毒鸟人回城的那个夜晚。我记得我们同车回城时，不是诗人的他随口诵出心中的悲凉："洲滩鸟飞绝，湖泊禽踪灭。空留镇江塔，独守洞庭雪。"

昔日"战友"重逢，说明来意，老高迟疑了一下，声音有轻微抖动，表情看起来像个干涩的苹果。何老四，他当然记得这个曾入选全国法院环境资源刑事审判十大典型案例和联合国环境规划署十大交流案例的主犯。他像是掀开覆盖在光滑之上的阴翳，唤醒藏于内心的尖锐痛楚。

"和湖上毒鸟人打交道，就是斗智斗勇。"这是老高的开场白。

与何老四交锋的前几天，老高颇为心神不宁，常常和人说话时开了小差。线人密报，有大行动，但具体时间说不准。线人是一位有悔改之心的渔民，参与过何老四组织的几次毒鸟犯罪活动，被感化后决心戴罪立功。线报不会有假，但让老高既兴奋又忐忑的是，为了人赃并获，这个苦心等待的机会是否会因对手的狡猾而中途夭折。

何老四是见过风浪的“洞庭湖老麻雀”，他长年在红旗湖、白湖、七星湖交界区域，收鱼贩鱼，从事矮围非法捕捞，也常做投毒猎杀越冬水鸟的事。为了保密，老高小范围内研究了行动方案，安排人员在几处上岸地守株待兔。打探分析后确认，何老四上岸选择的地点是君山的后湖壕坝，这是非常重要的情报。老高暗中将分散的人员召唤回来，集中到壕坝布控，因为不确定对方何时上岸，只能在那里轮流蹲守。一天午后，蹲守人员发现有人使用蒲滚船将一条木船拖至香炉山水域，但人就是不靠岸。磨蹭了好一阵，才见到何老四露面，他驾着那条木船装了一些捕捞的鱼，把鱼装上早已在岸边等候的两辆三轮车运走。他的意图很明显，通过运鱼，观察岸上有无执法人员。蹲守人员假装随意靠拢船只搭讪，观察到空荡荡的船上并无毒死水鸟。老高意识到何老四是个警惕性很高的人，为了避免打草惊蛇，便安排蹲守人员撤离现场，只留一人继续在现场监视。

何老四是何等精明的人，磨磨蹭蹭，坐在船头抽烟，直到周围没有可疑人员后，他才再次将船划回蒲滚船停靠处。船上的两个身影趁着暮色，将毒死的水鸟装袋搬到木船上，码放在第二舱室内，完事后，上面还用一床破棉被盖好。天色越来越暗，湖上一片岑寂，声影杳无，何老四拉响柴油动力，寂静被一阵嗵嗵的机声打破。船开到了离之前卸鱼处三百米远的地方，机声停歇，荡漾的涟漪一圈圈消失，湖面又沉默不语了。躲在暗处监视的执法人员暗喜不已，拨通电话通知老高，然后急迫地走过去登船检查。何老四看到有陌生人上船，先是蒙住了，继而大声呵斥："看什么看，船上没什么东西，上来干什么？"遇到阻拦，执法人员亮明身份，何老四见势不妙，带着另两名毒鸟嫌疑人，趁着夜幕的掩护和复杂的地理环境，弃船而逃。老高带人赶到，立即锁定了船上的证据。

现场勘验：何老四驾驶的渔船上共有八袋被毒死的水鸟，袋子为黄色蛇皮袋，袋子里保护鸟类六十三只，均检测为克百威中毒死亡。分别为国家重点保护鸟类小天鹅十二只（其中三只为幼鸟）、白琵鹭五只；"三有"保护鸟类赤麻鸭三只、夜鹭二十七只、苍鹭二只、斑嘴鸭十一只、赤颈鸭三只。

案件涉嫌刑事犯罪，即日案件移送市里的森林公安局处理。立案侦查后查明，何老四组织的这个毒杀、收购、运输、销售野生候鸟的犯罪团伙，涉及的成员有十余人。一个多月前，他从邻县共购买毒药克百威十八大包，并将所购的克百威用船偷偷运至保护区内藏匿，多次用于毒杀野生水鸟。

这是典型的暴利驱动下的冒险，以身试法也无所畏惧。案件很快有了结果，法院对涉及此案的七名非法杀害珍贵、濒危野生动物犯和非法狩猎犯宣判，何老四被判处有期徒刑十年，并处罚金人民币一万元。判罚最轻的非法狩猎罪参与者，被判处有期徒刑一年，缓刑两年。保护区还就此次涉案者对国家自然资源造成的严重损害提起民事起诉，追回八万多元的自然资源损害罚款。

那段日子，从一审到二审，法院依法裁定，驳回上诉维持原判。老高心中的忐忑始终紧绷着，像一个人被按在水下，呼吸阻滞，头疼欲裂，直到浮出水面，完成一次最酣畅的换气。

光

老高讲完何老四的故事，然后掰扯着这几年保护区工作的变化。

二〇一八年底保护区购买了一艘空气动力船，可载六人，速度可以跑到每小时六十公里，以往一天往返的巡湖路程，两个小时内可以完成。

二〇一九年底，长江、洞庭湖全面禁渔，湖上没有了渔民捕捞作业活动。

二〇二〇年二月二十四日，全国人民代表大会常务委员会

《关于全面禁止非法野生动物交易、革除滥食野生动物陋习、切实保障人民群众生命健康安全的决定》通过，全面禁止食用《中华人民共和国野生动物保护法》提到的“有重要生态、科学、社会价值的陆生野生动物以及其他陆生野生动物，包括人工繁育、人工饲养的陆生野生动物。”

二〇二〇年底前，湖上矮围全部拆除，“外来户”欧美黑杨在三年专项整治行动中被悉数砍伐，外滩湿地的八千七百四十四亩黑杨全部清理完成。

《中华人民共和国刑法》明确规定，对非法猎捕、杀害国家重点保护的珍贵、濒危野生动物的，或者非法收购、运输、出售国家重点保护的珍贵、濒危野生动物及其制品的，根据情节轻重，分别处五年、五年以上十年以下、十年以上有期徒刑，并处罚金或者没收财产。二〇二一年三月一日，《中华人民共和国刑法》修订再度介入野生动物保护：“违反野生动物保护管理法规，以食用为目的非法猎捕、收购、运输、出售第一款规定以外的在野外环境自然生长繁殖的陆生野生动物，情节严重的，依照前款的规定处罚。”

虽然我也像候鸟一样飞在外面，但这些“大湖消息”时常从各种途径传递到我耳畔。很遗憾我没能继续参加二〇二一年初的越冬水鸟调查，那次野外考察结果显示，冬季在东洞庭湖越冬地栖息的水鸟有近三十万只。保护区内记录到鸟类三百五十九种，其中国家一级保护的白鹤、白头鹤、东方白鹳、大鸨、中华秋沙鸭、白尾海雕等十八种，二级保护的有小天鹅、白额雁等六十六种，淡水鱼类一百一十七种……

“渔民上岸转产转业，候鸟保护意识深入人心，湖上已经没有了毒鸟人，人与自然的关系也因此变得友好。”老高的言语中流露出欣喜，“江湖儿女共同守护一江碧水。”

“如果生命以鸟的方式存在，会怎样呢？”小余站长曾经这么问我，也无数次问自己。这个寡言的年轻人喜欢用微信朋友圈“发布”自己的经历。他有好几次巡湖，兴奋地解救了几只误入“地笼王”中的天鹅及其它鸟类。有一天半夜，他的微信朋友圈忧伤地记录了发现死亡水鸟的经过，还有和巡湖队员驾驶蒲滚船再次穿越七星湖时深陷泥潭的狼狈。荒郊野外，空寂无人，等待救援的时间还不如自救来得快，大家赤脚踏入冰凉湖水中，拆卸、摆弄蒲滚船三个多小时终于脱困。“七星捧月映洞庭，鸟歌鹿奔沁人心。卫士除恶泥泞搏，法网恢恢不容情。”一首打油诗半夜里传到朋友圈，这位“八〇后”疲惫不堪，却斗志昂扬。年轻的管理站长后来从七星湖调去了红旗湖，继续奔波在巡湖一线。但我发现，往后在他朋友圈看到更多的是湖上风景、柔和的风、安静的水，以及鸟在飞翔时的自由与美丽。

老张虽已退休，但用老高调侃的话说，仍是“身在曹营心在汉，永远牵挂保护区”。结识多年的摄影家、保护区的“拍鸟狂人”老姚有一天发给我几首诗：

踏雪破雾过洞庭，九路诸侯探鸟踪。风餐露宿豪情纵，十万珍禽慰我心。

顶风冒雨入洞庭，日行百里觅鸟踪。千难万险何所惧，悠然自得护鸟人。

烟笼寒水雾笼洲，滩肥水瘦缓行舟。鹤鸣一声旷野寂，踏雪寻鸟亦风流。

雁翔蓝天鸭游湖，鹤鸣碧野鹭占洲。九路人马入大泽，人鸟相依展画图。

诗有的是老张和老姚写的，也有外地的志愿者写的。这些常年疾行在湖区洲滩上的人，心里始终燃烧着不会熄灭的、慨而慷的激情。我每次遇见他们，陌生或亲切，总有让人想起就会感动的一股暖流从生命所经历却看不见的低洼沟坎中淌过。

大自然的和谐、平衡，在被打破的极端时刻，我如许多人一样忧伤。恢复和谐、平衡，就是守护一江一湖碧水的奥义。大自然最别致的笔触是那些空中的候鸟，候鸟是懂得这种奥义的。

候鸟从哪里飞来，又飞向哪里？在回眸这些经历并梳理思绪的时候，我有过的茫然，盼着能从远方的天幕抓住一根伸向云中的枝杈，已淡化为夜空一缕云霞的背影。火柴摩擦划燃，微妙的声响，照亮黑暗，那些候鸟在深邃的云霭中，用飞翔把自己打扮成天地之间的熠熠星辰。

候鸟照亮清朗的夜空，不同色彩的羽翼编织永难抵达的梦境。从七星湖走远的夜晚，我经常睁开眼睛寻找一条入眠的通道。鸟惊艳的飞翔姿容，在眼前展翅、俯冲、盘旋，挥之不去。所有的候鸟都有自己的语言，与人类语言共通的表达。好几次在梦的边缘疾行，一阵阵清越的鸣叫，飞向从蜿蜒地道渗透过来的微光，一闪一烁之间，仿若我在旷野深呼吸时的心跳，感伤中夹带着微微的喜感，也是望向未来时的欢悦与欣忭——

喀哩，喀哩……

麋鹿先生

1

饲养员李新建从睡梦中醒来，太阳穿过疏朗的枝叶，照在彩条布上，刺眼的光晃动在他的脸庞上。离立秋半月不到了，天气尤其闷热，岛上没有风，蓄电池电压不稳，台式电风扇绞了一晚上，叶片发出吱吱嘎嘎的声音。

他一跃而起，撞倒的台扇停止转动，来不及穿衣，光着膀子走出棚屋。几天前下过一场大雨，低洼又内涝了，当时的风级不小，绿漆铁丝网上的防护栏被风吹得歪歪斜斜，随时都要坍塌下来。围网里很安静，他心里一惊，麋鹿一家三口不见踪影了。

不会是越过围栏跑了吧，那就该死了。公鹿成成跑得快，母鹿乐乐在水中游得快，他也见过它们的女儿吉吉爬到妈妈背上抬头立起的样子。他的梦里，吉吉就是踩着乐乐的脊背，一个跃起，像被风托着，越过了防护铁栏，稳稳地落在了一片水沼地里。水花像一个转动的喷洒，在阳光下发出碎金般的耀眼斑点。这可还是一个月前出生的小鹿，体重刚好十二千克，在越来越孤独的无人岛上，它是最新鲜的生命。

棚屋是临时搭建的，坐落在这座孤岛的大堤上。军绿色毡布顶、彩条布身的棚屋像是一个分界，一边是堤垸外的江水，一边是堤垸内的杂草、意杨、飞鸟、麋鹿。闲下来没事的时候，他看看这边，又看看那边。除了自然界的声音，除了他们夫妻俩寡淡的对话，没有其他人的一声一响。

屋子十来个平方米大小，横七竖八地摆放着生活用品，一张发黄的蚊帐床，没喝完的二两装白酒瓶东倒西歪，半箱易拉罐青岛啤酒，兰花萝卜，花生米，一副拆散卷角的扑克牌……对他来说，这些都是打发孤独的必备品。当初他就是冲着能长久地待在岛上，待在这个过去是家的地方，才答应了饲养麋鹿这件差事。屋门就是彩条布底卷了一根细方长木条，每天走出这张门，就看得到编织袋垒堆的旧痕，那还是二十多年前一群不知名的部队官兵在这里抗洪抢险的见证。

围网就挨着棚屋，有两米二高。他推开围网的一张小门，侧着身体走进去，十几步远的地方，有一个铁皮做的食槽，一米二长，卧在树荫底下。食槽里还有几颗没吃干净的玉米粒。岛上有很多的禾本植物和苔草，芦苇、荻、牛毛毡、灯芯草、马来眼子草，但他不放心，每天早晚两顿，精心伺候，人要吃五谷杂粮，麋鹿吃草，也吃玉米、小麦麸、大麦、豆饼等细粮。管理站的采购员只能弄到玉米，他不满意，采购员说经费紧张，保证吃上玉米，还是站里勒紧了裤腰带。他才不管什么“紧不紧张”，找到领导提要求：“麋鹿是一级保护动物，饿了它的肚子，谁也担不起责。”有人端着架子，讥讽他胆子大，不好好干分内的事。他哭笑不得：“我分内的事不就是帮你们把鹿养好吗？”

“喔，喔啰啰！”他像赶鸭子般地喊起来。调子跑太偏了，听到的人忍不住发笑。他当然听到过鹿的叫声，但学不会，低沉压制，一学他的嗓子就像哑了，索性就按自己的方式来。他声音越来越大，远处一两米高的草苇丛中仍然毫无动静。他有些心慌了，继续提高嗓门，边喊边敲打着铁皮食槽，发出哐哐啷啷的刺耳声。平常这一家三口都会闻声跑过来享用早餐了，他冲在另一间当作厨房的小棚屋做饭的妻子喊：“看到成成了吗？”

妻子伸出脑袋，看到就穿着大裤衩的丈夫，扑哧一乐。女人懂丈夫的心思，回答道：“跑不脱的，大清早我看到它们了，躲在水潭里。”

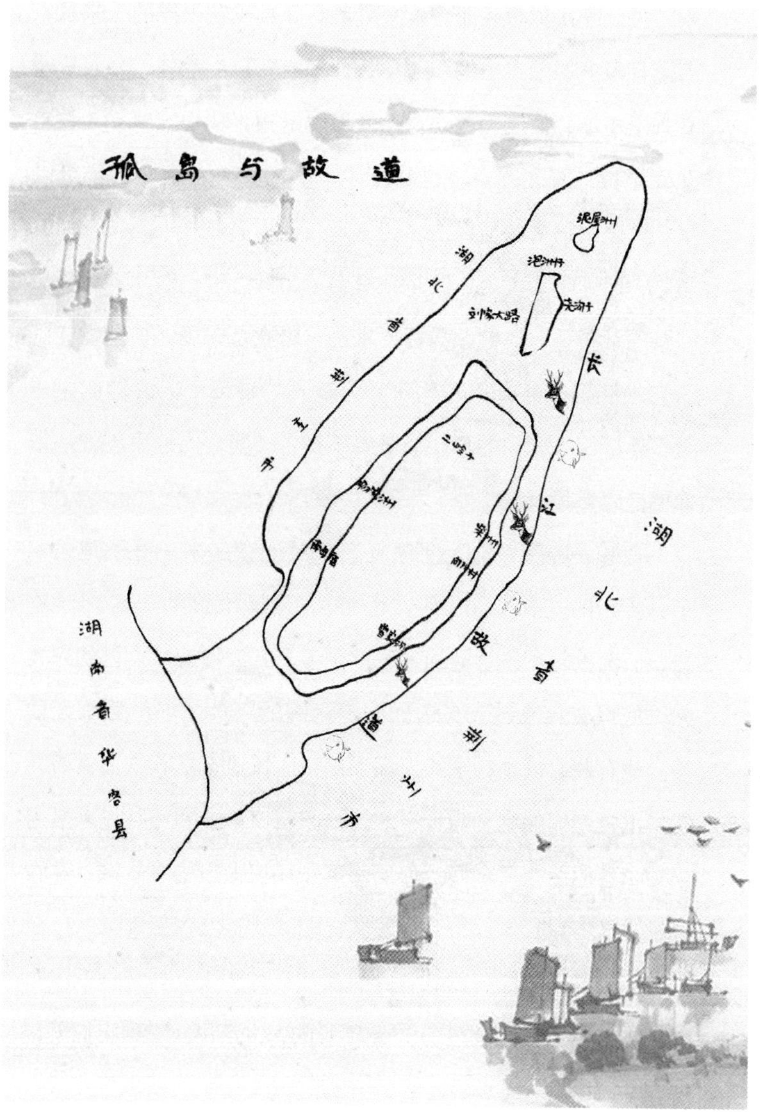
孤岛与故道
湖北省荆州市
长江故道
湖北省荆州市
湖南省华容县

他还是不放心地张望，草丛分布在那个泥潭四周，喂食的位置又是个偏缝角。他歪着脑袋，像是要拉长身体探看，终于看到小水潭有一圈圈的水纹，他猜麋鹿一家三口是故意跟他躲猫猫吧。

2

上岛的渡轮很小，挤着一辆皮卡车和我们一行几人，就没有多余的空间了。蓝白相间的驾驶舱门上，印着一行规矩的细黑字“守护好一江碧水”，有人在字旁空白区域画了一颗心，下方划了两道摇动起伏的波浪线。开渡轮的女人年近六十，皮肤糙黑，是本地人，在这段江面上跑了二十多年了，以前是渔民，后来被保护区聘请为渡轮管理员。江中水流湍急，她轻车熟路地把渡轮送靠岸边。皮卡车倒着开上岛，掉转方向，就开始奔跑起来。进岛的路比皮卡车宽不了多少，两旁的坡脚长着密密的梧桐、桑树和意杨，丝茅草长得又深又密，在如同进入原始丛林的路上驾驶，绝对考验司机的车技与胆量。

下了车，又潮又热，去棚屋的路被一片水洼拦腰截断。最小的艑舟也没法划过来。穿着大裤衩的他挥着手，画了顺时针的圆弧，示意我们绕过去。皮卡车没法掉头，只能缓慢地倒车回到几百米外的岔路口，我们决定在湿热的岛上步行。

当接近棚屋的时候，公鹿成成缓步出现在了我们的视野。先是那一对鹿角，像放大的珊瑚，分枝再分叉，逸出头顶上的天空。阳光下的鹿角熠熠发光，仿佛能把我们的眼睛照亮。那是一张俊美的脸，昂首低头之间，鹿角焕发的是一种沉默的高冷。从鹿角的分叉中能辨识鹿的年龄，和许多动物一样，公鹿才有美丽的角，而母鹿看不见的角基藏在浅浅的毛发中，像一双不易察觉的尖耳。公鹿两岁开始长角，每年角丫分一次，六岁时发育成熟。鹿角的结构分前后两主枝，枝上又分叉小枝，撑开时像幅大扇面。麋鹿是群居的动物，而犄角是公鹿权力的象征，也是挑战鹿王的武器。

人声惊扰，原先藏在水潭中的成成走出水潭，穿过草丛，踱着C 字形的拐弯路线，那双机敏圆睁的眼睛尾随我们，走两步退一步。麋鹿主蹄宽大多肉，总是走一条半圆弧的曲线，边走边觅食园里的鲜草，这是它外凸的眼球视线所决定的。没有谁是完美的，奔跑的麋鹿无法专注于前方的直线，就像湿地上被风吹摆的一株芦苇。

他来守这个麋鹿园一年多了。上面直接管理的部门是县里的小集成洪泛区管委会，下辖麋鹿、江豚两个省级自然保护区管理站。在这个面积大概是两个标准足球场大小的麋鹿园的入口，有一块标示牌——野生麋鹿避难救护站。县里的想法，在这个人已迁走的岛上养更多的麋鹿，既是保护区的分内职责，也可为将来发展旅游打造一个看点。前不久，县里向东洞庭湖湿地保护区提出还要引进几头麋鹿，暂时被上面否了，理由是当前正是洞庭湖区麋鹿种群的繁殖期。岛上的成成来自对岸湖北省的长江野生麋鹿种群，两个种群的繁殖期不同，长江种群是六七月份，湖区的在三四月份。

守在这座孤岛上，出去一趟越来越不容易。轮渡必须提前电话预约，江上就剩了一条管委会自有的小渡轮。过去的大渡轮上，可以摆下十来台车，人、马牛鸡鸭，通通都挤上渡船，像幻想故事里的奇怪集市。有风有浪，轮渡可能会停班。前些年，县里的移民政策很坚决，一轮轮派干部登门动员、劝导村民搬走，岛上的人犹疑不决，互相观望，发出各种抗议和拒绝的声音。也有人动心了，移民安置的村子都比这座孤岛好，好上百倍千倍，慢慢地越走越多，被水摧毁的生产生活条件也限制了人们留下。老班子（方言，指当地的老一辈人）有个说法，一个人生在哪里，他的一半就死在哪里。其实谁也舍不得走，几代人生活打拼的地方，哪能说不要就不要了。但人不走，水又来了，怎么办？洪水无情，那两年，长江的水三次漫过大堤、涌进垸内，房子、作物、牲口、电器、桌椅板凳，家里的一切都倒霉了。在洪水面前，逃离活命，是唯一的生存法则，再也没人提重建家园的事了。

天黑下来，岛的上空总是弥漫着一层微光。天上的星光，江面的水光，连闹哄哄的虫鸣风声也会发光，屋后的那片林子还像他小时候的印象，发出一团团蓝幽幽的光，那光大摇大摆，像个野地里闲逛的流浪汉。似乎就是多年前的记忆，没有过一丝改变，连同偶尔飞过的鸟，扇动翅膀和丢落的鸣叫。

他是在岛上出生长大的。儿时就听爷爷辈讲，岛在两百多年前只是长江外的一块洲滩，后来外洲一年年向上车湾河段江心淤积，几十年就形成了一片大大小小的堤垸。连起来，就有了这个岛的雏形。到二十世纪七十年代末，又挽（方言，填湖围田）了东风巴围、泥尾洲巴围、红旗巴围，岛的面积扩大，耕地面积达到一万八千多亩，主产棉花、水稻。在他的记忆中，从小到大，这个岛最大的忧患就是水患。两百多年前就开始的围水合垸，因为水的问题时废时兴，围垦不再是简单的动词，而是一种人定胜天的信念与意志，捆绑着特定时代的制度力量。水退，岛就化身平原，平安无事；涨水，就遭遇水淹，无家可归。到了九十年代中后期，岛上居民突破一万人，防守着二十五公里长的防洪大堤，人均防守二点五米，任务在全县是最重的。

如果不是长江裁弯改直，岛就是连着堤岸的一片洲垸。小时候，他的父亲带他乘船回家，水路迂回，父亲和几个老人聊天，说江水在这一带绕了十六个大弯，从藕池口到城陵矶，二百四十公里的水路距离拉直后只有八十公里。弯多，船行缓慢，他觉得回家的路真遥远，回家的时间真漫长。

幼时的记忆像寒冬玻璃上的冰花，一九六八年，他六岁那年的冬天，一觉醒来，大人们呼儿嘿哧地吆喝着，一群群往外走，垸子内外隔一段就插一面红旗。他的父亲扛着锄头挑着箢箕早出晚归，却精神抖擞。后来他才知道，父亲参与过的长江第二次裁弯大手术，在上车湾的老河段长三十二点七公里，曲折率为九点八，湘鄂两省上万民工在一个月的时间里，在弯颈处挖出了一条长三点五公里的新流道，缩短了下荆江洪流二十九点二公里。第二年的六月，新河道过流。又经了一个汛期的冲流，这条裁弯取直的新河道成为长江的单线航道，继而成为主航道。人向江水要的地，又因为江水而隔离，这个有几百年历史的围垸变成了一个四面环水的江中孤岛。

二十多年前，省里水利学院来岛上做田野调查的老师学生吃住在他家，他们茶余饭后说的都是关于岛、江和人的事。

“新中国成立之初，长江沿线的通江湖泊有一万六千多平方公里，这些湖泊都是长江行洪天然的调蓄库。不到半个世纪，锐减到六千多平方公里，那些江心洲、外滩圩垸让过江断面不断缩小，行洪能力的衰退可想而知。”

“围江造田，与水争地，靠水吃水，这些破坏自然规律、生态环境的行为，对大江大湖的伤害，却在某些时候还赢得了人定胜天的赞美。”

“清末民初，私围垸者是要杀头的。”

“移（民）是短痛，不移（民）是长痛，生态恢复虽需时间却势在必行。”

……

他认真地听着，想去问又一直没问出口：“谁不想在一个安居乐业的好环境里生活呢？就像人从娘胎里出来，有选择权吗？”在生存面前，人肯定是要跟自然叫板的，但他后来也懂了，还跟人发生争论：破坏自然就是搬起石头砸自己的脚，只是这块石头何时落下来，砸一只脚还是一双脚，砸自己的脚还是后人的脚，砸伤的脚还能不能往前走？

那次来的一个大学生问他，有没有见过长江麋鹿，那种叫“四不像”的家伙？

这些头脸像马、角像鹿、蹄子像牛、尾巴像驴的受保护的家伙，在大洪灾那年到过岛上。它们平日在沼泽地成群走动，四蹄踩踏，泥淖翻飞。太仓促太混乱了，他记得有人逃生出来说起与麋鹿在洪水中擦身而过。当时都只顾着各自逃生，没有谁来得及多望对方一眼。他记得有天早晨，守堤的村民大呼小叫，指着浑黄的水上，浩浩荡荡一群麋鹿拥挤着从江上游过去，有的鹿踢水激起的浪花，在晨光里就像一幅画。那是他与逃亡的麋鹿第一次的匆匆一瞥。但他吹牛了，学生把他的话记在本子上，回想起来他还感到心虚。

他又哪里想得到，多年后，他会和那群逃亡者的后代有这样的一次交集。孤岛之上，他养着三只鹿，每天无数次见面，但他再不吹牛了。

3

对岸是湖北，一江之隔，近在眼前，甚至很多时候，岛上的人就划着船去对面的县城购物，隔着长江故道，划船只要短短二十分钟。天鹅洲是湖北石首最先建立的麋鹿养殖基地。一九九八年的那场洪水，不仅冲溃了他的故乡，也水漫天鹅洲，有三十三头麋鹿冲出了平时圈养的围栏。

命定之事，人与鹿都无法逃遁。当年的特大洪水，长江在守，洞庭湖也在守，没有人会特别去关注到一群四处奔逃的麋鹿。面对洪水，即使会游泳的麋鹿也肯定是傻了眼，江面滔滔，昏黄浑浊，它们的眼里只有恐怖，它们在水中凭着本能，开始了逃亡之旅。他听说抢险救灾的解放军官兵开着冲锋舟搭救过水中受困的鹿，也有人割草涉水去喂鹿。这是一段人与鹿共处灾难中的佳话。身陷洪水，自救与互救，不只是发生在人与人之间。

二十五头麋鹿成功渡过长江到达南岸的三合垸，八头安全逃到一个叫杨坡坦的地方，获得生活的自由权利。从溃垸逃出来的人，去抢险救灾的人，运送物资和部队的车辆，都看到过这些逃亡者。它们于混乱中顺水泅渡，又在陆地上奔跑，中途遇到水的阻隔，又不得不折返。麋鹿的那条往南的S形逃亡路线，是后来有人标记出来的。从马船村往调关，逃到华容县境内的终南、团洲，君山区境内的广兴洲、采桑湖，岳阳县境内的新洲苇场、飘尾苇场。在他心中，这是一条在地图上看似并不遥远，却充满艰难的逃亡之旅。如果当时的岛没有水淹，也许这是离它们最近最安全的地方。世上哪有那么多的如果，连岛上的居民，背井离乡，拖着残剩家当，后来走的都是与麋鹿相似的移民路线。

在自然灾害面前，人与麋鹿，都是逃亡者，没有优劣和谁是幸运者之说。

麋鹿的逃亡是在一个多世纪前开始的。一八六五年秋天，来到中国的法国传教士阿尔芒·大卫在户外郊游时，意外发现北京南海子皇家猎苑中的麋鹿，原本是博物学家的他欣喜若狂，花钱买通守卒，制作了两头麋鹿标本寄到巴黎自然历史博物馆，确认是从未发现的新种：鹿科，麋鹿属，达氏种，原产地中国，后来拉丁种名又称大卫鹿。这是中国地理特有的“四不像”鹿，古代的灵兽，获得现代博物学上的第一次命名。对于当时稀少美丽的麋鹿，各国传教士暗中串通竞价，使出各种手段弄走数十头回国饲养。麋鹿踏上一条劫掠、饲养、回归之路，在某种意义上它变成了一个符号，这个符号讲述了历史生态链中的中国现代性故事，也是对“地方中国”的一种叙事。

麋鹿生活在沼泽地带，野生植物在它踩熟的泥田中野蛮生长，它的劫难似乎都与水灾有关。一八九四年北京永定河发大水，逃散的麋鹿成为灾民的果腹之物。一八九八年英国十一世贝德福特公爵花重金把十八头麋鹿带去了乌邦寺庄园。那是伦敦郊外的一座著名古园林建筑，一五七四年英王爱德华六世赐封给大臣约翰·罗素，后来又成为贝德福特公爵的采邑。葱茏的树木下是成片的草地，一泓清澈湖水穿过庄园，据说方圆有三千英亩。公爵豢养的十八头鹿在这里自由生息、开枝散叶，一百多年后，数千头麋鹿后裔的足迹分布到了二十三个国家。

我翻找过一些资料，对麋鹿的这段历史有着难以言述的情绪。全世界的麋鹿都是贝德福特带走的十八头鹿的繁衍。乌邦寺庄园挽救了一个濒临灭绝的物种，也衍续了它在时间里的生命。也许当时并无人会想到，过了一百年后，消失的麋鹿还能回到它真正的故乡。向中国捐赠麋鹿时，乌邦寺庄园主塔斯托克侯爵在信中写下：“我的曾祖父挽救了麋鹿灭亡的命运……历史不会忘记经历上百年漫长岁月后，又致力把这种著名动物送回故乡的人。”从一九八五年八月起，中国两年内从英国引进三批七十九头麋鹿，放养在南海子麋鹿苑和江苏大丰麋鹿国家级自然保护区。又过了三十年，国内以圈养、野生放养、半散养的模式，繁殖出一支占世界总数五分之四的麋鹿种群，数量达到五千多头。

麋鹿的回来，放在时间的线轴之中，我突然想到，它的身体就是一面镜子，显影着朝代的没落、西方文明的介入。有关战争、迁徙、对抗和征服，都在这面“镜子”里有着清晰或隐晦的痕迹，其背后何尝不是一种人类史的建构和地方性叙事。也正如我的乡友、前卫艺术家毛晨雨所感受到的“成全”：“麋鹿回归它的宿命之地，成全了我对自然之神性的想象空间。它的野化和落地生根，多少暗示着现代文明自身无法深度阐述的事实：现代性的偶然写作，通过某些特殊媒介缝合了它自身无法阐释的裂缝。”

“你们看，好艰难啊，差一点世界上就没有了麋鹿。”他自然不懂什么现代性和裂缝，却对这段流亡者回归的历史故事也充满唏嘘。愿意铭记历史的人，是对历史保持敬畏和深思的人。

也是一次偶然的机会，他在一个摄影家的航拍照片里看到了岛的全貌。这个泥沙沉积而成的沙洲，像一条船，中间宽，两头窄，静卧在滔滔江水中。隐隐约约的“船舷”是过去的防洪长堤，两侧洲滩绿草如茵，透明的水流像一条条发光的丝带，缠着绕着。岛上原来有很多人工沟渠，交错纵横，这些水与长江故道相通，岛成了动植物的一块净土。

他在管理站的宣传栏看到过这样一段文字：发现的维管束植物有七十五种一百八十九属二百六十四种。国家一级保护野生动物有白鹤、白头鹤、江豚和二〇〇七年已宣告“功能性灭绝”的白鳍豚。鱼类五十一种，江河平原鱼类有青草鲢鳙，也有热带平原鱼类青鳉、乌鳢、黄鳝和滨海鱼类鲥鱼、银鱼、暗纹东方鲀。

从头到尾读了几遍，他不懂什么是维管束，也不认识那些学名拗口的鱼，大惊失措的他从来没有想到过岛上居然有种类这么多的动植物，似乎离他的生活那么遥远，似乎这不是他生长的那块土地。以前呢，他家的门前屋后种了几棵鸡婆柳，一种褐红色枝条柳叶状互生叶的树，树身却是黑色的，结出的果子如樱桃大小。还有秋后暖天重生的南荻、狗牙根，入冬发芽生长的紫云英、碎米荠、短尖苔草，浅一片深一片地点缀着田间垄上。他记忆中的真实，被更广袤的真实覆盖了。

我坐在他的棚屋里，与性格开朗的他聊天是件愉快的事。他对饲养员生活的艰苦并没有怨言，谁的人生不曾有过艰辛和曲折。我的那些好奇，在他那里都是往事与回忆。

他搬家到了一个有些偏僻的乡镇，一双儿女在外地成家后，他就趁着一个机会又回到岛上，成了保护区聘请的一名饲养员。岛上的房子都推倒了，为了不让移民返回，所有岛上过去有过的东西都化为乌有。一个荒岛，也是一个自然生态的岛。草木葳蕤，虫鸟聚集，荆棘遍布，进岛的路，变得陌生。

夜里的黑暗包裹着他，他安静地躺着，有年头的杉木床，间隔响动，也在经历它的岁月和衰老。回忆从声音里渗漏，像又看到洪水涨上来了，要淹没他仰面朝天的身体。洪水是记忆中有着恐惧阴影的那根软肋。白天，水出现在眼前，夜晚，水就在梦中到来。

当年岛上的溃口在两个村庄，第一次是在大港村，时间是半夜。大堤上一片惊呼，临时架起的电线上灯光晃动，有的地段线路不通，一片漆黑，手电筒的光射在半空，立刻被黑夜吞噬。二十五公里的防洪长堤，这个数字是确定的，那些日子上面来的各级防汛干部，口口声声喊的就是要死保这二十五公里长堤。每年危险，每年喊，喊着喊着水慢慢退了，岛上人的胆子也是这样被吓大的。那一年大家感觉不太对，水持续不退，加上连天大雨，有人心存侥幸，有人疲累得倒头就睡，丢下一句：生死有命，天塌下来也不管啦。

溃口真正发生时，此起彼伏的惊呼声却并没传多远，风雨把恐惧的声音抹成了一片黑色。垸内没有一块高地，人只有往堤上跑，跑上堤就保住了命。岛上的海拔是三十三米至三十八米。岛上的人对长江水位的几个数字特别敏感，枯水期二十八点二米，丰水期三十三点二米，洪水期三十四点五米，近半个世纪最高峰水位为三十七点六二米。有的堤段长年水泡冲刷，特别瘦削，护堤的人就搬来一袋袋沉甸甸的沙土，在堤脚内加宽加高。咬紧牙关的大堤在水的浸泡下，一点点松开缝隙，直至溃开。第一道溃口无可挽回，人们把心都捏得紧紧的，垸内的第二道防护堤是绝对不能再失守了。

第二个溃口就是麋鹿现在圈养的地方，位于过去的临江村，那是长江干流上最初的外滩圩垸，面积大约四平方公里。这里是最后的堡垒。保临江村的唯一办法，就是死守临江干堤。

那天也正是大暴雨，风夹着雨，雨裹着江水，岛对面的公路上，车流穿梭，像地球最后之夜的一场混战。上千名村里的劳动力和调集的解放军部队，都上了堤，遵照上级指令，要在临江干堤上抢筑一条两千米长的子堤。

他也是抢险队伍中的一员，雨珠子打在赤膊和肩背上，像碎钉子刮擦着身体。都成了一群疯子，与洪水抢速度，谁也没把握最后抢得过时间。那个最危险的一号拐，这个拐弯段底子薄，面对的堤外水位达到三十六点六八米，已超历史最高水位零点二二米。当时的水位确实太高，一号拐堤身有一百五十米长的堤面突然下陷，裂缝慢慢撕开。五个多小时的时间，大堤内脚和外帮的抢护完成，一号拐全部被新堤取代。雨中奔跑着一个个泥人，雨水也冲刷不掉那些撕裂的表情。在他的记忆中，暴晒、浸泡、雨淋、潮热、虫咬蚊叮、体力透支，抢险的战士和村民，有的开始感冒发烧、上吐下泻、皮肤发痒溃烂。他的小腿上不知在哪里划了一条口子，水泡过后，没有及时上药，伤口肌肉翻开，酱红色里撒了粉状般的发白。那一年是他三十六岁的本命年，老班子说本命年总有不顺利，他没想到的是，他在本命年丢掉了自己的故乡。

第二次溃垸仍然不可避免地发生了。那天下午，准确地说已是傍晚时分，但夏天的落日还斜斜地照着江面，无数道银光在眼前刺探跳跃。堤上的人们戴着草帽，顶着夕晒的燥热。连续守堤快一个月了，铁打的身躯也要扛不住了。位于岛上最北端的南直堤杨家沟以西两百米处，一百零八米长的堤段整体滑坡下沉。巡堤的人们最担心的，所有的恐惧都是未知的爆炸物，谁也不知道会是哪一段出问题。黄浊的水从溃口倾泻进来，灌满沟渠、鱼塘、坑洼，足足花了六个多小时。他当时看着那段沉没水中的大堤，像艘巨轮从中折断，心里反倒是平静下来，这个对岛上原住民来说的灭顶之灾，在真正发生后却将恐惧冲洗得一干二净。六个小时后，小岛变成了一片汪洋，站在长堤上的人群，像浮在水中的一蓬蓬枯瘦的乱草。

离他的棚屋几米远的地方，就是临江村溃口，当年抢修子堤码起的沙土袋，层层叠叠，完全粘连成一个整体，替时光保存着一座孤岛的旧时光。他脑海里还有一张照片，当年水退之后，乡下人嘴中的二十四个秋老虎还没离开，回到村里的人穿着从捐赠处领来的各式各样的衣服。他的叔伯嫂子站在自家门口，一脸茫然地看着颓倒的屋墙，脚边躺着一头皮囊肿胀没法辨认的黄牛尸体。

4

夜梦中有个场景挥之不去，月亮像开了闸的水库，大水从天空降落岛上，岛像一个人的肚子，越喝越大，边界越扩越大，再多的水也盛得下，几乎要漫过堤面，他的棚屋变成了一艘小船，东摇西摆，穿过钟家沟、泥尾洲、土地角、青龙咀、杨家沟、雄鸡树这些熟悉的岛上村落，水张开大嘴，一口一个地吞没它们。突然之间，水又原路回到月亮之上，岛上重归一片宁静，一切动荡像从没发生过。他没与妻子说过这个怪梦，说不清的东西何必谈论。

妻子下了一碗光头面条，拌点辣椒，瓶底还有几块长了白霉的腐乳，早餐差不多都长这个模样，他也没那么多讲究，三嚼两口就吃完了。过去湖区的习俗，喝两杯早酒，祛湿祛寒，水边上总归是湿气太重。天热，肉没法保鲜，出岛一趟不易，吃肉就有一顿没一顿，变成奢侈的一件事。当时，在外地打工的儿子媳妇把孙子孙女丢在山里的外婆家，他们两口子看着那些偷偷返回的人，索性也从移民的镇上回岛上来了。

那两年里，像是突然卷起一阵风，搬离的村民一下回来几百号人。没有房子，都是在堤上、垸内平坦处搭的临时棚子，没有水、电，都用上五花八门的净水、发电设备。金窝银窝，不如自己的狗窝。回来的人，有的捕鱼、养龙虾，有的圈地搞种植，也有人什么都不干，“外面再好，觉得还是这块生养之地待着最舒服，反正有一半已经死在了这边”。让他感到荒诞的是，这个岛彻底成了一块飞地（行政上隶属于甲地，而所在地在乙地），行政管理是一个地界，但人们已不再坐轮渡再转汽车去县城，那太远了，往返要三四个小时，而是从长江故道划船轻松地过到邻省的那边地界购物。这边与那边，变成了故乡与外省的代名词。

当年移民就是算的一笔大账，堤防加固加高一项所需的四百多万立方米的土方、三百多万个的投工和一亿的资金，已是天文数字，仅按岛上现在两千多名劳动力投入计算，要十五年才能完成。退田退耕，还林还水，九个月时间里一万多村民相继离开，散迁到二十二个乡镇的四百多个村场，长江中下游生态恢复规模最大的整体移民工程走完了最艰难的一步。人们茶余饭后，用不同的态度议论着这个话题。他不会表达，但懂得那些离散的人对故土的眷恋。村里他认识的那个戴眼镜的瘦个子农民，像个书生，过去在县城的一家报社打工，周末才回家团聚。这一家人搬走后他就再没见过，儿子有天拿着一张报纸念农民写的诗：“身在异乡，有些句子不忍和酒去饮/ 思念比淹没故乡的洪水/ 来得汹涌，容易冲垮父母/ 老迈的身躯，在父母面前/ 对故乡，我不忍提只言片语。”他让儿子留下报纸，无事时念几句，喉头哽咽，想说什么却始终说不出来。我问他还记得诗的名字不，他脱口而出：记得的，叫作《哪里有路回故乡》。

搬回来的人一拨接一拨地多起来，但也一直被干部劝导着离开。无论从安全、生活还是政策执行出发，移民都是开弓没有回头箭。广播车和留守的干部重复着不能滞留的原因和离开的最后期限。“移民不移志，共建新家园”“早移民，早安家，早致富”“同饮长江水，永远一家人”……这些宣传标语还贴在墙上，喇叭里喊得震天响。他又回到了移民安置点，暗自叹着气：“回不去了，回不去了！”那已经不是他生活过的地方，四季分明，光热适度，雨量集中，严寒期短，没了人，岛要荒芜了。几年后，真正的鸟（候鸟）、兽（麋鹿）回来了。草木与日子疯长，岛上变成了一片息壤，村庄没有了炊烟，倒有了原始林的气象。

站在棚屋外，就看得到麋鹿园对面的一大片意大利杨树林。这些意杨都是合同承包经营开发的，租赁合同期到了二〇四四年。岛上一直有两家管理单位——县里的洪泛区管委会和湿地管理局。前者管理垸堤脚外五十米以内及垸内土地、水域和长江故道水域；后者管理堤脚五十米外的外洲外滩，那里有意杨为主的速生林，芦苇、水产养殖和捕捞。过去的两万亩意杨砍得就剩下眼前的这一片。照着长江外滩和垸内欧美黑杨的清理计划，租赁合同提前废除，再过两三年，岛上便再也看不到这种被称作湿地抽水机的杨树。

我嘟囔一声："都知道这种树破坏湿地生态，当初为什么要栽，也没有阻拦？"

他却像是想通了："过去的事，谁说得清？"

有人要卖岛上的这一片荒芜。他头次听说，特别好奇，荒芜也能卖？也会有人要买？在他心里，荒芜连风景都算不上。没有人的地方，哪有风景可言。移民工作收尾前，有一段时间，传言要把这个岛建一个国家生态公园，下一步就是发展旅游。当时，岛上离开的，磨蹭着没走的人都兴致勃勃地传着这个消息，临江村要建观鸟台、野生动物驯养园，棕鸭子湖要建水生动植物观赏园、草地跑马场，还有行洪口索道、东西线苇地栈道、江中飞沙、吊脚楼。这些新名词对当地人来说，就像是一个梦。让梦变成现实，他们并不像对地里的庄稼那么有把握和信心。这些年过去，荒芜倒是有了模样，建生态公园做旅游的事没有下文。

"我倒是越来越喜欢这种原生态了。"他引着我们进园，去看麋鹿一家三口的活动痕迹，"什么时候再生几头，或者再跑来几头野生的，岛上就热闹了。”

地上出现麋鹿饮水时踩出的一行楔形蹄痕。看得出脚印宽大，前深后浅，主蹄分叉，他试着把鞋子的前半部分放进去，刚刚合脚。蹄印交互踩踏，地面的图案奇形怪状，真正的野兽派抽象画作。野外鹿群都是非确定性聚居成群，长途迁徙时是昼伏夜行，行走中发出清亮的磕碰，打破洲滩上的宁静。麋鹿趾间有皮腱膜，前趾是悬蹄，在软泥烂草的沼泽湿地草滩上能奔走如飞，缺陷是不能像马一样钉铁掌，走到水泥石板路上就像醉酒的汉子，东倒西歪，四条腿如抽失了气力。

野生麋鹿多在早晚进食，很有规律，圈养起来的鹿时间久了都有一种依赖性，圈养地多半算是水丰草美，还配备了其它口粮。他给食槽倒的小半桶玉米，过一会儿去看，不知何时已被那一家三口吃得颗粒不剩。

他喜欢看麋鹿胃口大开能吃的样子，吃得津津有味、四肢粗壮。这是一个饲养员的工作理想。冬天的含水植物少，芦苇枯黄坚硬，干叶覆盖植被，麋鹿的觅食变得艰难。他会四处找那些含水量高、适口性好的青草，好在岛上的人走空了，那些矮围拆除后，植被在恢复，植物生态链不再扭曲畸形。一切都在慢慢变好，他脑子里盘旋着这个乐观的念头。他和它们也有一个日久生情的过程，没事的时候就坐在斜坡上，看它们闲散地行走。这种无忧的生活，也许并不是麋鹿内心的选择。但真要放归自然，他有担心也有不舍。有时它们会追逐打闹，会啃那根露出地面的大树桩，当然不是真吃，就像是孩子磨磨牙口的淘气之举。

母女俩步伐一致，从苇丛里走出来，吉吉睁着一双圆眼睛，在母亲身旁欢跳着来回走动。乐乐低头凑近几株不同的草，鼻子嗅嗅，又摆身走了。圈养地长了一大片的挺水植物、湿生植物，是岛上随处可见的狗牙根、芦苇、苔草、球果蔊菜、紫云英，都是麋鹿的食物。乐乐靠近一丛半人多高的虉草，这种草叶片扁平，叶鞘无毛，叶舌薄膜质，多长在浅水潮湿处，它吞进嘴几片草叶，细嚼慢咽，很享受的神情。“它经常会专门寻找这种草，那些带点泥土的草根它们不吃，”他说，“吃得这么讲究，像谁哦？”

同行的作家老潘这几年在追踪长江和洞庭湖鹿群的生存境况，略有所思道：“还用说，像它娘老子点点。”

“刚出生就被保护区救下来的弃儿，喝蒙牛伊利长大的点点？”我没想到，站在眼前的麋鹿母女和远在保护中心的那头明星鹿，已是有血缘的三代鹿了。

5

他每天早晚绕着绿色的铁丝网来来回回地走。麋鹿也是来来回回地走。成成比较独立，昂着头，踱着步子，像是在望着天空思考。乐乐和吉吉形影不离，孩子总是与母亲要亲近些。身上长着梅花斑点的吉吉就是个无忧无虑的孩子，胆怯却又勇敢，在活泼的时候引颈向上，跳跃蹦拉，小小的身体曲弓，像一枚要发射出去的小型鱼雷。它喜欢逆风而行，身体会在风中发出沙沙的摩擦声音。

吉吉的外婆、乐乐的母亲是一头叫点点的鹿。那是东洞庭湖保护区收养的第一头野生麋鹿，常年和人打交道，容易与人走近。到过湖区的人几乎都听过点点的故事，也有很多人扯草喂点点，都知道它从不吃带泥的草。

九年前的冬天，红旗湖附近芦苇地的一场野火，烧到了一群野生麋鹿临时的栖息地。聚群的麋鹿喜欢藏身芦苇丛的边缘地带，遮风挡雨，临近水畔也适宜遇险后往沼泽或湖中逃窜，它们的软蹄喜欢在湿地沼泽草滩上走，拒绝山地和平原。原本以为是一个安全的栖息地，却被突如其来的一场火惊扰，它们注定又将踏上艰难的逃亡之路。

鹿王一跃而起，带着鹿群逃离火海，一头母鹿在混乱中跑出来，突然停下脚步又折返，火舌舔着夜空，高高的苇丛发出噼里啪啦的炸裂声，一蓬变得壮烈的火焰映照着那张惊恐不安的脸和颤动的四蹄。这头母鹿撕心裂肺又无计可施，它刚出生不久的孩子被困在了火海中。

那头后来被取名为点点的小鹿是路过的渔民和苇场管理员救下来的。当时身体羸弱的点点受了这场大火的惊吓，死里逃生，但生命体征非常弱。保护区的人随后赶来，脱下衣服包裹着，它蜷缩在一件宽大的衣服里，像个可怜的小不点儿，一路被小心呵护带回丁字堤管理站。养活它成了一件棘手的难题。当时江苏大丰麋鹿国家级自然保护区的专家建议，找回母鹿，不然成活与放归都是麻烦。方圆数百里的野外，要捉住一头野生麋鹿，谈何容易啊。保护区的人索性不管这些难题，总归是要养活的。点点是喝品牌牛奶长大的，每天八次，随着年龄长大逐渐减少次数加大饮用量，但冷热温度要适中，保护区安排专人喂养，像是给一个婴儿请了一位月嫂。小麋鹿的细皮嫩肉容易逗蚊虫叮咬，尾巴短，驱赶不了蚊虫，一身油光滑亮的皮肤咬得布满红点，电风扇吹不得，就得靠人摇扇。动物懂得人类给予的一切好，一旦与人亲近，就会忘掉有过的伤害。点点后来辗转几处，却都有专人饲养。保护区为它辟出一块开阔地，林草丰富，挖了度夏游戏的积水池。它从来都不知道怕人，有人招呼它，递过来狗牙根、刺耳草，它都不会拒绝，但一直没有改的习性，就是从不吃沾泥带土的草。和人太亲近后，点点有些人来疯，有时看见人在铁围网外走来，就直接往围网上撞去。还有一次在热情迎向特意从北京赶来拍摄它的记者时撞倒对方，记者以为就是胸、臂、脚受了点皮外伤，回驻地后感觉不适，上医院拍胸片才发现右肺中叶挫伤。爱也是伤不起的，后来保护区的人都特别提防点点的“拥抱”，但它的天性不曾改变过。

麋鹿少儿食性，两岁的母鹿可以交配，三岁就可以生育。点点这个喝品牌牛奶长大的剩女长到三岁多，未能放归野外，婚嫁、生育都无从谈起。保护区的人试图放归，但点点走不了多远又返回了，它不舍得离开，大家也养出了感情，留下吧。保护区新建的救护中心，就成了点点的新家，它整日在一块空旷的草滩上悠游自在，婚姻生育问题也一度令保护区的人伤透脑筋。直到六岁才与另一只被救助的野生雄鹿结合，在经历鹿类中最长的九个月孕期后产下一女仔，那是二〇一八年三月底。三年后，点点的女儿乐乐“嫁”到岛上，生下了吉吉，在孩子睁开眼睛的那一刻，乐乐舔舐并吃掉了裹在外面的灰白色胎衣。

麋鹿的发情期是有故事的日子。许多公鹿会在母鹿身旁走来走去，但并不敢轻举妄动。唯一的交配权是鹿王独自拥有的。那些在泥沼地翻滚、四蹄溅起泥浆的公鹿，高高的鹿角上戳着青草。那是威严的象征，好斗的勇气，也是耍着博取母鹿好感的把戏。但到了最后，鹿王会无情地驱赶、猛烈地攻击那些用心良苦终不能得的公鹿。动物界的弱肉强食、秩序等级，在交配权的拥有上表现得淋漓尽致，有的麋鹿终其一生，也没法给自己留下一儿半女。

保护区的老高和我说起过公鹿争夺鹿王的故事，在红旗湖煤炭湾，保护区的人发现两头争斗的公鹿，头上的角缠在一起，再也没分开，直至困死在湖洲上，脸上还是一副斗狠不服气的神情。鹿角是公鹿俊美、庄严的标志，但伸展如树枝的鹿角，又常被渔网缠绕而受伤。如果不是意外或疾病，麋鹿的平均寿命在十三岁，二十五岁是理论上的终极寿命。二〇〇九年元旦刚过，野生麋鹿调查首次纳入洞庭湖野外科考，三支小分队有计划地奔赴注滋河口、天鹅凼、红旗湖等地。冬天的湖洲上寒气逼人，天地迷蒙，老高最先在注滋河口发现鹿群踪迹，并在河沟遇见聚集在一起的二十七头麋鹿。低头吃草，互相打闹，乐不可支，鹿角如林，英姿耸立。这次壮观的发现让众人欣喜若狂，全然忘却寒冷与饥饿。后来共发现两个种群三十一头麋鹿，都是一九九八年长江洪水中从天鹅洲逃逸的后代。生存本身有时就是生命的最高法则。这次科考确认了世界上唯一没有人工干预的自然野化麋鹿种群在洞庭湖出现。

洞庭湖区的麋鹿建群时间最短，但自然野化的程度最高。令老高这些资深保护者兴奋的是，前几年，从江苏大丰、北京南海子先后引进的二十六头麋鹿放归洞庭湖湿地，都携带了卫星追踪器，在这些数量一年年扩大的鹿群中，发现了放归者融入其中的身影。照专家的说法，南海子、大丰和石首三大国内麋鹿种群的野外自然融合，在点点、乐乐、吉吉这一代代麋鹿身上繁衍，衍续的不仅是单一物种，也是健康的遗传基因、生物的多样性。

老高在没当领导前不喜欢待在办公室，每次下湖都冲在一线，“走到野外的收获常令人意想不到，总会留下难忘的记忆”。比如那次科考他跟着外地专家实地走过之后，就记住了从蹄痕、粪便等活动痕迹追踪鹿群的方法；又比如专家发现了一只五岁雄鹿脱落的鹿角，主枝完好，末枝残缺，半米多高，像一顶金色桂冠，带回去当标本，那一刻大家的心情像捡到旷世珍宝一样。

成成是岛上的第一头麋鹿公民。它是天鹅洲长江野生麋鹿中的离群者，陷入废弃的渔网阵被救。这头雄壮的公鹿在泥淖中挣扎，往常的弹跳才能此时失效，成了一只茧中缠缚的虫蛾。保护区的老高闻讯而来，人的好意并没得到配合，一身涂满烂泥的成成左挣右脱，直到在饥饿与困顿中耗尽气力。人们用活动套绳绑住成成的腿，连同渔网从泥淖中拖出。这些废弃的渔网，困死过江豚和候鸟。如果晚几个小时，麋鹿成成也许会深陷泥潭、力竭而死。

从死亡的边缘逃脱后，成成懂得了人的友善，忘却了恐惧。一次危险的遭遇改变了它的生存境况。没过多久，保护区决定大胆尝试一次长江与洞庭湖两个麋鹿种群的通婚，就把点点的女儿送来，让它们结成夫妻繁育下一代。两岁多的乐乐身型健美，眼神里跳跃着孩子般的娇羞。鹿角骨质硬化的成成，发情期的冲动迟迟未到，特别大男子主义，假装视而不见，独自觅食、踱步，对未来的伴侣连正眼也不瞧。有时他会恼怒地跟妻子骂，这是头蠢鹿，不用参与鹿王的决斗就拥有交配权，放着这么好的机会不抓住。妻子笑话他是皇帝不急太监急，为此他们争吵了一番，他是多么希望岛上的鹿生养得越来越多。鹿多了，他忙碌起来，也许就会忘掉那些孤独。

我把乐乐下嫁岛上前的故事讲给他听，老潘其实比我更熟悉。省林业厅野生动物处批准引进一头母鹿去岛上，最后选中了点点的女儿。保护区慎重起见，请了江苏大丰的专家给乐乐一枪麻醉针，乐乐那天似乎有所感应，不听人召唤，一直在十来米距离外徘徊。专家性急了，七八枪连吹，居然都是擦身落地。后来有人提议换管理站的丁站长，行伍出身，使过枪支，但丁站长并无把握，甚至紧张，瞄了老半天，旁人催促，情急之下放了一枪，是成是空都不管了。麻醉枪钉直线射去，乐乐突然抬头，撒蹄奔跑过来，撞向飞过来的“子弹”。他听后，哈哈地笑，说这都是天意，好姻缘起初并不都是顺利的。

那段日子，他定点去喂食，也关注这两头鹿的动静。保护区的人耐心地跟他讲麋鹿交配期的特点。五月至八月是求偶发情，错过后又得等待。母鹿身上会散发出一种神秘的气味。无风的日子，这种气味就漂浮在园子的上空，弥漫在园子里的每一寸湿地和草丛之间。风一吹，气味就轻轻挪移。一旦发情的公鹿被气味所吸引，就会陶醉深陷其中，会寸步不离地跟在母鹿身侧，长久地站立，嗅寻着那短暂消失的迷人气味，然后深深地呼吸，眼睛里炯炯的神采没了，闪烁的是痴醉的迷失和落寞。

他看着两头保持距离的鹿，焦急地盼着它们能干柴烈火般地燃烧在一起。一天又一天过去，总是感觉不对，不来电，为此他好些次使劲嗅着园子里的空气。他把这个举动当作玩笑话讲给我们听，他的上级小严咯吱咯吱地笑："差一点，两头公鹿要打起来了。"

那个激情燃烧的时刻是在半夜发生的，让他遗憾又惊喜的是，次日大早，两头鹿耳鬓厮磨地站在看麦娘中，一片冒出地面的碧绿嫩叶擦着它们因为爱欲过后而抖动的小腿。一切来得那么神奇，身体欲望带来的改变，那段日子它俩坠入爱河，无论哪时哪刻，都如胶似漆地走在一起。这是他许久都没想明白的，动物中的爱欲真的会是一种气味之爱？

我们离开前，成成走到一块没有芦苇和草的空地，这是我们相逢中最精彩且时间持久的对视。我用手机拉近并拍下它高傲的头，很难捕捉到的目光，似乎眼中写着各种深思与疑问。墨镜遮挡，我那么清晰地看着它，它却看不见我的眼神。

6

夏天的水上，浮罩着一层热气，船身晒得滚烫，无物遮拦，空气中都是火辣辣的，只有船开动起来才有风，风在疾速之间短暂地擦去热度，这也是岛上的人皮肤黝黑的原因。太阳像面火镜，水面上到处光闪闪的，像是铺满碎玻璃的一条道路。他过去也沿着这条道路捕过鱼，现在进入禁渔期，船都封存了。他那条搁在垸脚泥地上仅能容三四个人的小船，灰头土脸，被他养的两条黑狗当成了窝。

岛上到了秋冬季节，四面空阔，遇到起大风时，风会挡住每一条去路。他的棚屋发出簌簌的抖动，出门喂食，他一手拎着食桶，另一只手得抓紧连帽外套的领口，风太大了，像是要把他掀下坡。麋鹿藏身于又高又密的苇丛中，风刮不进这座天然的屏障。

各种各样的鸟飞来了岛上，数量成倍数地增加。麋鹿的邻居，就是这些外形漂亮的飞鸟。有一次来了几位做湿地动植物考察的博士，都戴着眼镜，镜片后面的眼睛，有着湖水般的清澈，打量着岛上的世界。他们特别惊喜，说没想到进岛就遇见了平时难看到的戴胜。从他们嘴里还听到许多奇怪的名字：蛇雕、灰脸鵟鹰、灰纹鹟、紫翅椋鸟、黑鹎。他无法想象那是过去的年月日里从头顶飞过的鸟。他见过它们，却没记住奇怪的名字。安静的时候，戴胜会停在他的棚屋顶上，这种喙细长下弯的鸟，羽毛颜色鲜明，走动速度极快，还能边走边用长喙在地上翻找食物，兴奋的时候，它那耸立的粉棕色丝状冠羽会竖立，飞起来后，冠羽就耷拉下来。

戴眼镜的博士说他们谈论的鸟，都是前几年新发现的，数量并不多，只有那种浑身泛墨紫色的体型娇小的鸟，成群结队，呼啦啦飞来，呼啦啦飞走。他认得这种身上密布着星状白色和皮黄色点斑的鸟。岛上的人私底下说这种小鸟是浪荡子，游荡习性，来无影去无踪。村里原来有这样的人，他们就骂“椋鸟子，不落屋”。突然，博士指着一掠而过的鸟说，那是莫扎特的宠物。

“莫扎特是谁？”他一下没弄明白他是否在说岛上的某一个人。

“一个著名的钢琴家。”

“高级啊。”他听说过宠物狗、宠物猫、宠物猪，但第一次听说有养宠物椋鸟的，要知道，这些鸟都是国家保护动物。

博士与朋友继续说话，把他的疑问撂下了。博士说西方民间有个说法，上帝每造出一只椋鸟，就造出一段旋律，和它灵魂的形状完全一致，藏在世间某处，让这鸟去寻找。“你们能想象吗？”博士像个指挥家，夸张地扬起手说，“你能想象有那么一只椋鸟，终日变换嗓音，学唱听来的曲调，任何外界的声音，都被它模仿，一旦它偶然撞中了那段旋律，椋鸟会变成一团灰烬，在风中飘散，而灵魂钻进旋律之中，再也出不来了。莫扎特在店里听到一只椋鸟唱出了他的协奏曲中的一段，就买回去精心饲养，后来鸟去世后，还为此郑重其事地举办了一个葬礼。”

他听着这个有趣却奇怪的故事，却在想着那会是一段怎样的旋律，属于一只鸟的一生。那只死亡的椋鸟葬礼会是怎样的？钢琴家有没有在深夜演奏一支《葬礼进行曲》？

眼镜博士他们走后，他就开始留心看鸟。鸟落在麋鹿园里，有时就盘旋在一家三口的头顶，却极少停留在那些意杨树上。当意杨成为洲滩上大面积的树种主角，就会抑制植被生长的丰富性。时间久了，湿地的斑块化会成为这片大地上的伤口。他对意杨有着天然的敌意，对面那片意杨林地势低洼，根部浸泡在水里，但有一小片水域变成了黑色。他观察过，水里的鱼很少也长不大，他从没在那里捕过鱼，不知水是什么原因黑了。这肯定不是没有缘故的，他已经反映了这个问题。上面领导说，这片林子列入了砍伐的计划。

博士说，是水体中的物质组成发生了变化，破坏了原有的物质平衡状态，水失去了自我净化能力。

那就还是有污染，他不懂什么复杂的平衡，但模糊地明白了博士讲的，水中的有机物是最严重的污染物，它产生的硫化氢、甲烷等气体，会使水中动植物大量死亡。死亡物的污染，就是水变质、变黑、发臭的罪魁祸首。

他抬头看了看天空，突然有种水洗过后的忧伤，像是风刮擦着琉璃的清冽之音。稍一停顿，回过神来，他听到了远处鸟的鸣叫。时过境迁，岛上的风景渐变，有时他会迟疑片刻，脚一下迈不动步子，他走过的或停留的地方，熟悉又陌生，像突然遇到难以名状的心事。

管理站的巡查工作每周有两三次，例行公事，看完麋鹿，又要乘船去长江故道上的下一个站点。有人调侃地喊他："麋鹿先生，把一家子照顾好。"他腼腆地笑，指了指园子里昂头正视树林方向的公鹿成成，低声细语地对它说："听到没，说给你听的，记好啦。"

7

江上的天气顶奇怪的，半边日出半边雨。一阵雷阵雨落下，站在岛上能看到风狂云涌、雨急浪飞。看多风雨的人，没有那么多的焦虑。他坐在棚屋里，听风雨声声，也偶尔探身钻进雨帘，瞅一瞅麋鹿淋雨的惬意模样。年轻时的他就喜欢在雨里走路，雨水迷了眼睛，雨点针扎样，裸露的皮肤痒痒的，却是满心的欢愉。

彩虹出来了，真是很难得一见。他指着很远的地方让我们眺望，看彩虹落在哪里。在有经验的人眼中这是有讲究的，落在岸上田野，就会雨过天晴；若是落在水上，就还要来一场倾盆暴雨；若是红色越多，雨滴就越大。我们踮起脚，看不真切，但确实看到彩虹的七色光在水天交接处一闪一烁。

他发现自己酒量越来越小，晚饭经常喝不到一小瓶，就有上头的感觉，像沉醉在亲手酿造的光芒里。岛因此也变得光芒潋滟，在扑鼻而来的植物气息中散发出青涩的热望。他的眼前时常出现一群奔跑的麋鹿。多年前令他惊叹的一幕重现，麋鹿从不是道路的田野、水流中蹚过。对于它们来说，眼前的路，双脚踏上去的路，不是一条，而是无数条，麋鹿的涉足之地，都会留下路的痕迹，而那些若有若无的痕迹，像塞壬的美妙声音，吸引着他无法抗拒地栽进深海。他的路，人们从岛上离开的路，去往不同角落的路，始终是在脚下，也是在前方。

所有的生命都会消失，但它们的痕迹也将以某种形式留下。也许是难以察觉的形式，但一定会留下的。如同这座与记忆中的变化越来越大的岛，仿若回到若干年前的无人区，一个再也回不去的故乡，依然会有不变的记忆永恒地封存。

离开的时候，他执意要送我们走那一小段又窄又滑的路，我在前他在后，保持着慢慢拉远的距离，脚下泥浆湿滑，几颗青石子滚动，路变得波浪般漂浮，如同走在去往未来的回忆中。

“麋鹿先生！”

我的声音太远，他已经听不见了。一阵旋律传来，我扭头四处找他，他站在一片野地的高坡上。是他吹响的竹笛，还是初学时的第一支曲子《牧羊曲》。岛上有人养过成群的羊，不是卖了就是杀了，现在没有一只羊，也没有牛马鸡鸭。麋鹿一家三口，停下嚼草，缓慢地左右摆头，然后停顿立定，静默地听着旋律飘来的方向，似乎也听懂了这段悠扬的曲调。

故道江豚

1

雨后泥泞，原本崎岖的路更加颠簸，皮卡车几次打滑，冲不上一道小坎坡。司机车技虽好，但嘟囔着小埋怨："今年无论如何，要花点钱把这条路修修了。"说到钱的问题，车上一片沉寂，突然看到几只戴胜鸟穿林掠枝，不知谁一下就将话岔开了。

管理站的老朱执意站在尾厢，不愿挤车里的座位。我几次回头透过后窗看他，双手扣紧车顶扶栏，身体半蹲坐，屁股贴着小腿根，脸上神情淡然。他个子瘦长，在车的摇晃下，更像一根在大风里甩来甩去的树枝了。

平时他们就是沿着这条路到来的。从县城到长江边是两个小时车程，渡船登岛，乘车或骑摩托，沿着被杂草遮挡的路披荆斩棘，跑上二十分钟后到一个临时登船点，有动力的小木船顶多乘坐六七人，还要在长江故道上行驶半个小时，无缝衔接也要花三个小时到达这个被水双重隔离的管理站。我没想到，他们就这样跑了好几年。

夏天暴晒，开阔的江面炙热漂浮，手不小心触碰到那些金属物件，火烙般烫手。管理站的房子是一长排，坐北朝南，青灰色墙身，蓝色瓦顶，像根扁担，两头挑着火柴盒形状的房屋，一间是多媒体会议室，一间是餐厅会客室。前坪周边栽的树还没长高长大，太阳直挺挺地砸下来，风平浪静，所有的热度都反射到了刺眼的蓝房子上。

世间有太多莫名其妙的事。新趸船泊在故道的中间，去年底买的，旧的那条趸船年久失修，有一天突然说沉就沉了。蓝房子建成前，大家的吃住都是在船上，夜间蚊子趋光，钻进屋内，或者说早就潜伏在角落。老朱几乎整宿不能入睡，虽然非常乏困，但经不住蚊子的轮番袭击。裸露在外的皮肤，被叮咬得满是红包肿坨，似乎不再是自己的手脚。长夜煎熬，直到天边熹微，蚊群撤退，那些被拍死的残尸落地，如满天星辰。老朱走到甲板上，精神恍惚，水面摇动，圆红的太阳也变作不规则的形状。这样的夜宿体验情绪十分糟糕，作家老潘也曾经历过艰难的一夜，临走时感慨，想不到平时这些江豚保护工作者就是在这样的环境里生活。

因为我们的到来，厨房忙得热气蒸腾，传话的人说，再过一刻钟，就可以开餐了。上桌后，望着满桌鱼肉菜蔬，我心里有些过意不去，食材都得靠他们从外面带到岛上，弄出这一桌饭菜，路途的麻烦可想而知。

老朱年纪最大，却选了进门的地方坐下，一声不吭。大家七嘴八舌，他嘴角挂着微笑，是最好的听众。他一九六三年在县城南边一个小镇出生，十四岁那年举家搬到岛上的向阳村，十九岁在村里当上了民办老师。时间最经不住计算，他的履历告诉我们，他在这座江岛上生活整整四十年了。早听说了他的资历老，我悄悄多看了几眼，面相瘦削，两鬓白发掺杂，藏着极大的隐忍与亲和，薄嘴唇嗫嚅却少言寡语。因为瘦，法令纹像刀錾出来的断裂深谷，却依然看得出老朱年轻时的英俊帅气。二十世纪九十年代，他招工进了渡务所当轮机员，每天开着渡轮，不分阴晴雨雪，江上往来，独钓四季。冲垮堤垸的洪水改变了这一切，村民全体移民，他因技术员身份被县里的洪泛区管委会收编，后来下派到新成立的江豚保护管理站。听到这个安排，老朱脑子里轰隆地炸开了，“保护江豚？”他突然意识到，江豚是要消失了吗？

饭吃到差不多的时候，小吴站长让老朱说说江豚，老朱放下筷子，发了一下愣。我看到他面前透明的玻璃杯，杯中水的边缘向上弯曲，一个漂亮的弯月面。杯子旁是两团凸月状的水渍，互相推搡，又相互吸引。

“那时候在江上跑船，经常看得到江猪子，往后是越来越少。”

江猪子是当地人对江豚的昵称，老朱说的也是实情。长江江豚种群数量在过去走的是一条持续下降曲线，一九九一年约两千五百五十头，二〇〇六年约一千二百二十五头，二〇一二年约五百零五头。二〇一一年，世界自然基金会(WWF)项目官员韦宝玉被人当作的“危言耸听”，道出的却是科研考察后的事实，那就是仅洞庭湖的江豚在以每年百分之十五的速度减少，所剩不到一百头。

江豚会彻底消失？从过去驾驶渡轮时常能看到的身影，到一个物种的灭亡，从同事们嘴里翻来覆去的“生态修复、迁地保护”，还有从全国各地赶来的专家博士们，老朱过去从来没想过这个看似简单却很复杂的问题。他睡在趸船上的某天夜里突然惊醒，盯着窗外，墨绿的夜空，深邃的世界一言不发。他的双耳开始轰鸣，那是他的轮机员工作留下的后遗症。渡轮是柴油动力，离他的驾驶舱不远，在抗洪救灾最忙碌的时候，他一天要在江上跑四十多趟。这一趟趟下来，他的耳朵里灌满了风声雨声、人的喊叫喧闹、汽车的轰鸣，最多的还是轮机马达山崩地裂的声音。

声音这些年并没离他远去，正如这一段江面，非常熟悉的风景，以至总觉得缺少了些什么，他有时会茫然，像江面起雾时航标灯的隐约闪烁。原来在他心里，长江水域中的所有，人和自然界的一切，都该是和谐相处的。他不知道为什么会遇到江豚这个现实问题。老朱心里，眼前的江水之上，变与不变，也都是活着之上。

2

一江水，一张总在变动的"风浪地图"，老朱看了四十年，比看到妻子孩子的时间还多。有时一觉醒来，看到的世界不是东边的日头照亮的，而是闪闪发光的水倒映出来的。记忆像涟漪荡漾开去，又从岸边反弹回来，相遇撞出一个个水面凸起。老朱觉得自己就在这些"凸起"上跑来跳去，每天看着同一片江面，却不会两次看到相同的景象。

一九九八年岛上倒垸时，他必须守着渡轮，风雨中一趟趟把受灾的人运出去，把救灾的人送进来。他在疏散的人群中没看到妻儿的身影，那种担忧烧灼着他的胸口，那段时间是他此生最漫长而难挨的日子。有邻居告诉他，妻儿安全，只是房子垮了。与水为邻的人经历多了，房子再建，农田再垦，退水之后太阳照常升起。可灾后重建几经论证被搁置一旁，政府刮起强劲的移民之风，人都要从岛上退出来。他的家搬到了几十公里外的地方，但他的工作没变动，还是守着这条江，还是在孤岛和陆地、漂泊与岸之间穿梭来往。

岛更早之前与陆地还有条路连通，从一旁流过的水域是长江下荆江段，这段河道弯曲的历史由来已久，河床少汊，河身像条肥胖的蠕虫，三十多公里的几字形河段，颈部距离却只有三点五公里。我看过一张旧地图，红色标示的河段，特别醒目，像医生在身体手术部位做出的标记。喜马拉雅山顶的雪水，经岷江、大渡河、金沙江等水系的汇聚，奔赴数千里而至，水流也对这段弯曲不满，在过去的百余年里，自然裁弯的冲刷、冲垸有过十余次。一九六八年声势浩大的裁弯工程，让江流改道，在两年半后形成新的主航道，长江水流从那个叫上车湾的“颈部”酣畅淋漓地宣泄直下。岛成了孤岛，四面环水，也变成了一块真正的飞地。旧的航道在这片水域留下了一条通道，经过人类的算法后多出来的长江故道。

老朱用树枝扫开几颗石子，在地上画出故道的形状。故道长约三十公里，宽约一公里，东支宽西支窄，东支纵向长十六公里，西支纵向长十四公里，连接长江的西支串沟长两公里，水位的同升同降就靠这条串沟平衡。洪水期，江水入故道，故道呈“门”形，到了枯水季节，西支就不通江，故道像一个倒L形。高水位时江面大约五十平方公里，低水位时约三十五平方公里，江面以中线为界，北边外侧是湖北监利县管辖水域，因为紧邻一个叫何王庙的村庄，湖北人习惯称呼何王庙故道。南边内侧是湖南华容县管辖，因孤岛命名，叫集成长江故道。故道成了一条独立的水路。

当年的那场洪灾，过后的十余年时间里，有人陆续回来，岛上到处是临时搭起的棚子，沟汊里布满地笼王、迷魂阵，养鱼、养虾，强横的人圈地收割芦苇，欧美黑杨、意大利杨突然遍地成林，鱼类资源背后的复杂利益，三角债扯皮，谁也不愿走，谁也碰不得，县里花大气力整治劝导，矛盾重重，纠纷不断，仿佛是一个永远解不开的死结。

“不是所有的渔民都胡搅蛮缠，他们也活得很难。”老朱是懂得这种艰难的，长江流域捕捞实施地方保护，外地渔民禁入，于是一窝蜂地挤去了洞庭湖水域，高峰期达到十万渔民，天然捕捞量在二十世纪八十年代不到两万吨，此后逐年递增，到二〇〇〇年达到了八万吨，过度捕捞远超出了鱼的再生能力。加上水质污染加重，鱼也不如过去好吃，卖价不涨，渔民日常开销增加，有的渔船路经芦苇场上岸，一年要交芦苇损失费一千二百元，加上船只污染费等各种费用，一条船没三四千元打不住。

小吴站长是两年前到的管理站，以前在乡政府的七站八所工作，年轻爱学习，看问题能落到症结上。他颇有心得地说，人与自然之间生发的矛盾，在水流之地演变成资源环境问题，不外乎可以总结为上游与下游、左岸与右岸、调蓄与泄流、防洪与灌溉、灌溉与养殖、行洪水力利用与航运等矛盾，这些问题在漫长的历史岁月中，几乎应有尽有，不同历史时期都会遇到。

水土流失、江湖淤积、竭泽而渔等引发了鱼类资源萎缩、江豚候鸟的生境破坏，这些现实疑难，变成了在这座孤岛生长出来的悲伤与哀鸣。小吴站长不是彻头彻尾的悲观主义者，转过话头宽慰我们："历史的问题，历史也在不断解决它们。"老朱突然插嘴："历史和人解决不了的，大自然会自我修正。"

3

没有风，水面上哗啦作响，像浪与浪的撞击。春天到来后，睡在趸船上，老朱半夜常会被同一种声音惊醒。水的内部有很多声音，但他认定听到的是江豚的呼吸声，嗞咝嗞咝，放松而迟钝，噗哼噗哼，有时也会变得粗重而急促。从鼻孔喷出的水流，像一支支箭镞射破夜空。他还认定那是同一头江豚。他像中了邪一样，半夜屏息凝听那些动静。有时他翻身下床站到船舷上探看，水面发出蓝幽幽的光，看不到黑灰的鳍背划过的痕迹，看不到拱出水面的惊喜，但那宽广的呼吸如钟表般响在耳旁。

老朱跟同事说，怕是江豚到了交配的时节了。三月至五月是江豚的黄金交配期，肉身靠近、碰撞、分开，力与爱的声响在水下像一面大鼓，声波震动着水下的生物和水上的船只，让人对这水下物种打开想象之门。

江豚比人更早地生活在长江之上。长江的舞者，最古老的定居者，留下模糊的背影。古代关于江豚的记载最早是在东汉许慎的《说文解字》中出现的："鰰，鱼名，出乐浪潘国（今朝鲜沿海）。从鱼，掬声。一曰鰰鱼，出江东，有两乳。"说的是江豚出产于朝鲜沿海和长江流域鄱阳湖至洞庭湖一带。在《魏武四时食制》中，江豚"常见首出淮及五湖"，可见曹魏时除长江流域几大湖泊外，淮河中亦有江豚。江河湖泊的格局，在地理演变中发生了腾挪，与长江干流的隔离，最直接的结果是江豚仅分布在长江中下游干流及仍然通江的洞庭湖和鄱阳湖中。江湖水文多变，江豚的命运无法改写。

没有天敌，基因退化，居无定所，这种属鲸目、齿鲸亚目、鼠海豚科，纺锤形身体，头圆额凸、憨态可掬的淡水豚引起关注，和另一种在长江栖息的国家一级保护动物白鳍豚的消失有关。二十世纪八十年代初，湖北省嘉鱼县渔民胡家兄弟在洞庭湖口捕获一条雄性白鳍豚。中国科学院水生生物研究所接到信息，立刻派专家将这头取名"淇淇"的白鳍豚运到了武汉。淇淇由此成为世界上第一头人工饲养的白鳍豚，有人也称它为"长江女神”。在很多人心中留下活泼可爱的印象的“长江女神”，在二〇〇二年七月十四日安然离世。淇淇的离世，实际上是敲响了白鳍豚存亡的警钟。

四年后的冬天，中国科学院水生生物研究所、长江渔业资源管理委员会和瑞士白鳍豚保护基金会合作，组织来自世界各国的四十名鲸类专家，开始了一次堪称史上最大规模的长江淡水豚考察。他们从城陵矶出发，水上行船三十八天，行程三千四百公里，配备有世界上最先进的观测设备。这次国际顶尖级的科考合作，摆在专家面前的一个残酷结果，是零发现。人人都在追问，为什么会是这样？但也没人能站出来回答。专家们沮丧地离开，几乎都没人回头看一眼身后的江流和湖泊。二〇〇七年八月八日，组织方正式宣告，长江白鳍豚“功能性灭绝”。美国《时代》周刊将其列为当年全球十大灾难之一：“这是人类历史上第一种因人类活动而消亡的脊椎动物，也是近五十年来第一种灭绝动物。”

老朱记得是春节看到的新闻，在乡村辞旧迎新，此起彼伏的鞭炮声中，像是有一群密密麻麻的蝗虫飞过，心中那片稻田顿时枯黄萎谢。有个在省城工作的学生见到老朱，问他一个问题，接下来江豚会不会消失？他哑口无言。还是学生说话了，叹着气说可惜了，这种在长江生活了两千五百万年的唯一淡水豚幸存物种，已经列为极危等级，说不定哪一天真会绝尘而去。

老朱的肩像被一拳重击，顿时低垂下来。

4

老朱见识过水上的各色人等。天气突变，渡轮暂休时，有些渔民的船会靠着渡轮避一避风雨，也邀请他进到舱里煮锅鲜鱼喝杯自酿粮食酒。那些年，他交的朋友里渔民最多。

好几年前，我偶然一次去洞庭湖走访，认识湖上最后一位用鸬鹚捕鱼的匡爹。他说年轻时在长江故道谋过生计。我问老朱对此人有没有印象，没想到他们还是比较熟的朋友。匡爹从小就与父母以水为生，船是他流动的家。二十岁驾船顺水漂到了故道，当过一年摆渡工。岛上的人甘愿去邻省的地盘，远比到隶属的华容县城要便捷得多，匡爹那时还是年轻的小匡，每天驾船往返。老朱说，那时故道的水很清澈，渔民捕捞也比较温和，按季节捕鱼，去小留大，没有迷魂阵、地笼王、高丝网。他印象中的青鱼草鱼动辄上三四十斤一条，鳜鱼也捕到过八斤十斤左右的，那是鳜鱼王，三角头，怒目阔嘴，牙尖嘴利，无胆少刺，鱼身青绿斑纹中浮泛着金属光泽，里面的那一块鳜花，其实是幽门盲囊，形状灿烂，神秘讨喜。后来河床淤积，有人搞网箱养鱼，水里投的肥料也多起来，水面上总是浮着一股不清爽的鱼腥气味。再后来就乱套了，故道水深，鱼也藏得深，有人用电打鱼，大功率的设备，鱼被击中后翻着肚皮浮上水面，大鱼小鱼白花花的一片。有一次，对面何王庙的村民开着一艘围网船，从江东边往西边拖，将半边江的鱼捞了个干净。江豚保护区建立起来后，网箱养鱼明令禁止，那些竭泽而渔的迷魂阵等工具都拆了毁了，水里的鱼才有了安静的生活。

匡爹和江豚结过“梁子”，老朱咯咯笑起来，问我知道不。我连忙问，到底是怎么回事。他说，匡爹在摆渡时经常看到江豚成群地追逐出没，并没想那么多，有一次划了一条小船捕鱼，网还没撒出去，结果船摇摇晃晃，他站立不稳，人又被网拖着，失了平衡，结果人仰船翻。他丢了网，游到小船旁，看到几头江猪子绕船游了几圈，然后在水面上翻了个身远去了。他跟岛上的老班子说起这件怪事，江猪子是不伤人的，无缘无故的，拱他的船，是个什么原因。老班子告诉他，成群的江猪子吃鱼之前都会将鱼赶到一块，趁鱼群慌乱，它们就瓮中捉鳖般捕食。一定是你撒网下去的那块地方，正是它们捕食的地盘。江猪子聪明得很，你跟它抢吃的，它拱船吓吓你，让你长长记性。

“原来鱼有刺。”这是匡爹的口头禅。他说自己搞清缘由后，再往后，知晓了江豚觅食的规律和秘密，捕鱼也不往江豚出没的线路上走了。那几头江猪子似乎也认得了他，还经常得意地在他的船附近出没。

江豚最喜欢吃二到三两的小鲫鱼、小鲤鱼，还有毛哈鱼、玉筋鱼、银鱼等鱼类和虾。觅食时，它游动速度很快，潜水很深，一旦露出水面，发现小鱼后会来一个猛冲，然后快速转体，尾鳍击打水波驱散鱼群，然后继续追赶猎物。它的头摆动灵活，在细微的摆动中定位，而鱼吞入嘴后，调整鱼身，将鱼头正对咽喉方向快速吞下，有时也会吃入多条小鱼后，再一次咽进肚中。吃饱后的江豚会浮在水中，缓慢地游动，享受美餐后的片刻休憩。安静的时候，它发出很大声的呼气吸气，从头部的鼻孔里喷出高高的水浪。如果几头江豚集体捕食时，会摆开阵型，甩头摆尾，成扇形包围追赶。密集成群的小鱼在被追赶时，慌乱中浅浅地跃出水面，像是向前翻滚的银色浪花，闪闪夺目。老朱说的这个场景被我记住，闭上眼睛，眼前似乎有一块银布，在波浪般的抖动中甩出一颗颗闪光的星星。

水养活了所有漂在水上的渔民。每天看水的喜怒哀乐、浩瀚无边，这也养成了渔民豪爽的性情，天不怕地不怕，水是他们的工地，也是他们的大床。匡爹多年前就搬到采桑湖，靠几只鸬鹚捕鱼为生，和那些以非法捕捞手段打鱼的渔民相比，他对水有着一种敬畏，这种敬畏也许就来自他与江豚之间的那次交集。长江故道的江豚保护区二○一二年建立后，面积有两千七百多公顷，渔民也从那时起陆续去往他乡。保护区两年后申报升级成省级自然保护区，长江故道被确认为最适宜江豚迁地保护地。一江之隔，湘鄂两地联手保护江豚，老朱参加的第一次“打非撤违”专项整治行动，一千五百口网箱、十万平方米网围被拆除，捕捞渔民全部撤出核心区水域。波平浪静，阒寂无声，从此渔民在这片水域销声匿迹。

老朱更想不到的是，去年长江各段陆续启动十年禁渔禁捕，可是件关系到三十万渔民生计的大事，国家说禁就动真格禁了。“和谐是需要斗争才换来的。和全流域的生态保护比较，禁渔势在必行了。”小吴站长说。

5

一条渔政快艇从趸船停靠处驶过来，接我们上船，往东支江面行进。我们要出发去看江豚了。船开动后，轰鸣的动力在水面留下滚动的白浪花。水和浪互相追逐、变形，风中传来它们的快乐唱吟。声音像是来自天空的云影，藏在水镜里的波纹，又像是对命运深度的探测与呼喊。

我跟老朱说，我儿时在家门口就见到过江豚。

老家镇上傍着的藕池河，最终也流向洞庭湖和长江。船运来往，在一个小镇制造着喧闹和生机。父亲的工作与田野有关，他跟运化肥的船舶回来，在饭桌上说起乘船见到的江猪子一家三口。我起初以为是会游泳的猪，或是没见过的鱼，父亲说是一种哺乳动物，学名叫江豚。这是我第一次听说这种有着三岁孩子智力、能微笑着在水中翻滚的动物，非猪非鱼，头部钝圆，黑色光滑的滚圆身体，没有一片鳞甲，长着短而阔的吻部、一样长的上下颌，据说肉肥而浓腥。镇上有些早晚在河边散步的人、捕鱼的人、运船上的人，在附近的水域看到江豚的身影，人们会用惊喜的语气来讲述所见。

黑猪。白猪。

黑白猪。

江豚的脊背是青黑色的，在跃出水面换气的瞬间，被光照透，散发出那种发亮的银灰色。我们追着喊："黑猪！"当它翻身露出白色的肚腹，我们又追着喊："白猪！"那些少年结伴出游的日子，我们会沿着长堤寻找，晨曦、旭日和落日、晚霞在身前身后，河水如镜，映现水上，油画风景。我们的目光在水面上逡巡，等待一次拱出将水面撕开，等待一个优美的弧度。江豚有时会跟在嗒嗒响着的机动船后追赶，船尾的两道白浪里，黑灰色的身影愉悦地摆动着"丫"形尾鳍，连绵绽放的水花溅飞到半空中。

我期盼镇上有渔民能捕捉到一条江豚，至少这样可以仔细看清其全貌，但镇上的渔民都不约而同地摇头。他们像对待江湖神灵一般，早就立下了不捕杀不食用的誓言。外公那时在米厂当过磅员，家住在堤边，渔民上岸买生活用品都会在他家门口落个脚抽支烟。他们和外公有一搭没一搭地说着打鱼的故事，我就在一旁静静地听着。渔民说，江猪子最有家庭责任感，小江猪子遇险，母江猪子不会抛下它离去，公江猪子会莽撞地尝试营救。没有人会去捕江猪子，听说大湖上有渔民恶意捕捞江猪子后船毁人亡，也有人误伤江猪子，被认为犯了禁忌，都要烧香祈祷谅解，严重的会卖船改行。

老朱说，世间行当，都有讲究。起风变天，气压降低，靠增加呼吸频率来吸氧的江豚会跳得老高，老班子把成群的江猪出水叫“拜风”。湖上的传说众口相传，就成了一条隐形的规矩。以后渔民出湖，若遇江豚跳得老高，这就是报警，趁早收帆歇网，返航靠岸。江豚的出水习性，也让它在长江、洞庭湖上被赋予了河神崇拜的象征意义。

6

渔民对水的“敬畏”在后来的渔业生产中消失了。没有节制的捕捞是常态，也是人的畸形心理。渔民喜欢用高丝网，孔细网密，连狭长的毛哈鱼、油刁子、沙鳅、虾子、小黄古鱼也有来无回。

我有位在媒体从业的朋友，说想写一部渔民的故事，类似博尔赫斯的《恶棍列传》。每一个渔民都是一滴水，每一滴水都有它的传奇。我们早几年一起走访过许多湖上渔民，后来也有人投身江豚保护协会的志愿者工作。渔民也要生存，不是所有的渔民都是挖空心思的利益主义者。江豚保护中心聘请的巡逻员江哥也是协会的一位成员。几次下湖，我坐过他驾驶的船艇，在长谈时听他讲湖上故事。

江哥十四岁就在茅丝铺一带的湖上捕鱼，当时流行放卡子钓，削得又薄又细的竹篾片，一根篾片上插一粒发了芽的稻谷，鱼上钩咬稻谷，篾片张开，一下卡住鱼嘴，鱼就挂住再难逃脱，放一次可能收上来百多斤鱼。二十几岁，江哥改行贩鱼，每天下半夜就跑到渔民船上收鱼，赶早送到南岳坡，当时的鱼价格都是几角钱一斤。在水上漂了几十年的江哥也是洞庭湖的活地图，哪片水域有暗礁，哪里要多高的水位才可行船，如同一本账，了然于心。他还有个专长，一眼就能辨清常见鱼种是家养或野生。有一年，他下湖回来，走过湖洲，看到几个砍苇客抓了一只黑色的鸟，从来都没见过这种鸟，就从他们手上花钱买回来，请保护区的专家一对照，是东方黑鹳，一年飞来洞庭湖过冬总共才七只。黑鹳是被废弃的丝网缠住了脚，受了伤，花了半个月治疗，养好伤后放飞了。他也救护过浅沟困住丝网挂伤的江豚，几年前到鹿角，还听到渔民私下议论江豚沉尸的事。反复打听才弄清楚，是一头江豚误撞高丝网，鳍缠在其间，不得动弹，困死水中，渔民怕追责，就用绳索绑住江豚和石头一起沉到湖底，没想到过了几日，石头脱落，江豚浮了上来，像一块刺眼的亮斑。

长江十年禁渔之前，迷魂阵、地笼王几经打击，几乎没有了，但最怕的就是高丝网了。江哥过去一直有个心病，当地渔业队在君山水域筑起来拦鱼的鱼堤，俗称“壕坝”。长达十公里的土堤往湖心延伸，留下一道没有合拢的口子。这里原本是东洞庭湖鱼洄游的一条必经通道，壕坝一修，涨水时鱼游进坝内，落水时“瓮中捉鱼”，鱼的洄游之路也被截断。不仅是鱼，渔民来往也须从此经过。那道布袋口中间深，两边浅，挂上麻籮，枯水季节，二十四小时可以不断起鱼。这张壕坝的水下巨网直到二〇一二年才被渔政和江豚保护协会的联合行动打击取缔。平常水面上只能看到大木桩，水下像一个大口袋，晚上看不清，桨容易被挂住。此前也常有渔员伤亡事故发生。有一次，一对从湖北过来贩虾的夫妇行船至此，船尾拖着砣砣籮，螺旋桨被网挂住，船速度快，产生的力道大，一下人仰船翻，夫妇丧身水中。

非法捕捞放肆的年头，也有人私下交易买卖江豚。江豚虽然不好吃，有恶腥味，但有药用价值，江猪子油治疗烧伤烫伤的效果很好。江豚靠声呐定位，湖上跑的大船多了，遇到两三条大船并行时，江豚会迷乱，失去方向感，很容易被螺旋桨的大铁叶片刮伤。

二〇〇六年至二〇一二年，江豚数量日趋减少。当捕鱼成为一个产业，尤其是枯竭式捕捞，人豚争食的矛盾就尖锐起来。

“江豚到哪里去了，不能说不见就没有了，死了也要有人收尸吧？”江哥加入了市江豚保护协会，成为第一批发誓保护江豚的十一个渔民兄弟中的一个。这是一个由当地媒体人发起的志愿者协会。水上出没，昼伏夜行，风险未卜，没有谁敢打保票。“有危险才需要我们上啊！”渔民兄弟没读过书，但懂理，大家东一句西一句，凑出一份“生死状”：

我志愿加入保护江豚志愿者行动。在行动中，听从指挥，团结一致，不违章，不喝酒，驾好船，穿好救生衣，确保人身安全。有难同当，生死与共，在巡湖过程中，若有人出现意外伤亡，所有人都应尽全力救助他并抚恤其家属、子女。特立此状。

江哥签下生死状的夜晚，回家的路上，头顶星辰闪烁，脚下的路有微光照亮。渔民上岸转业，那些离开的人都有了新的奔头，但他知道这辈子不会离开从小就在一起的水，他在水上继续晒着烈日吹着风雨。水里不要再有捕掠滥杀了，应该只有生长。身份的转换，渔民兄弟对生态环境保护的意识变得截然不同。有一天，协会统计出一组数字，把他们吓了一跳。“十年来，协会巡逻队直面危险，雷霆出击，共巡逻一千九百五十六次（夜晚六百二十六次），打捞江豚尸体十四具，成功阻击电力捕鱼等非法捕鱼二百三十多起，清除滚钩十一万多米，清理迷魂阵、密阵一千三百四十多杠两万八千二百余米；参与人数一万余人次，有来自全球各地的志愿者。”

大家七嘴八舌，有唏嘘、慨叹，有骄傲、自豪。特别让人振奋的是，科考数据显示，二〇一八年长江江豚数量回升到一千零一十二头。江哥感到胸中有一股游荡的充沛之气，潮湿的眼睛模糊地浮现过去许多个记忆交错、斑驳的白天黑夜。那些过去的时光，化成水中的一朵浪花与一片水波。水里有世界上所有的事物。他觉得对水，陡然多了许多别样的期待与亲近。

7

夏日午后的恍惚时刻，小吴站长和我讲起管理站的工作艰辛，路远奔波、缺编少人手还是其次，最让他揪心的是如何从求生存到求发展的转变之难。原本要申报国家级保护区，有人担心保护区的约束性条文给地方发展限制太多，县里突然变卦。这成了他的一块心病。江豚保护是个生态系统工程，不是国字号，国家层面的资金和政策支持落不了地，管理和专业技术人员的能力提升不上去，做不到深度管护，虽然故道的迁地保护已经有了影响力，“好风凭借力”的机会一错失，保护工作跟不上，又会是虎头蛇尾。

上船后，水面阵阵清风漾过，泛着银色的粼波，长长短短，层层叠叠，像是没有尽头的摇曳稻浪。小吴站长的江豚忧思，仿佛是把平静的水面打开，让人看到一个个小旋涡在越来越快的加速中撞得水花飞溅，融合成一个大旋涡。

“不是每一次都能看到，下午天热，江猪子更愿意待在水下。”小吴站长给我们打预防针，提醒减慢速度，江豚有时只是浅浅地跃出水面，露出一个月牙状的背影。故道核心区水域的江豚从最初的四头，迁徙、繁殖到了三十二头。十二点五公里长的核心区两头有大拦网，这个面积最多可承载一百头江豚生养栖息。

“故道水域也许是江豚的最后一块净土，如果作为长江生态系统的旗舰物种，在这里得不到生存的支撑，有一天也就不能支撑人类的生存。”

“江豚种群数量的减少，会使其发生近亲繁衍而失去适应性，走上灭绝之路。”

这些是专家的发言，从轮机员变成江豚保护工作者，老朱接待过许多水生生物的研究专家，专家说的话，他都记在心里。流域环境变化、气候监测、工业污染、基因变异、采沙破坏、食物链……过去从来没听过的这些新词，老朱装进脑子里。他把它们看作是水的呼救，一个物种面临消失前的呼救。他常常会紧张，这种紧张让他懂得平庸的生活里总有些事情的意义不一样。

天空中耀眼的蔚蓝，在水上投下一块块移动的影子。船上的几双眼睛像雷达仪探测着水面上可能出现的异常，心是吊着的，连呼吸也不敢大声。有人说，看见江豚会带来好运。岸边高大的树冠，在水面倒映出多姿多态的树影。跑了接近半小时，应该是快到东支的拦网位置了，一无所获，小吴站长指挥驾驶员掉头，降低引擎动力，减少声响对江豚的刺激。江豚是靠声呐信号来探测环境和捕食的，它发出高频脉冲信号就能回声定位，这种定位既模糊又清晰，而发出低频连续信号也是时间连续信号，听上去像是小羊的咩咩声，又像轻柔的鸟鸣声。

故道在很长的年月里没有了江豚。江豚数量的减少，过往人与水的生态纷争，似乎让远游的江豚遗忘了这里。保护区建立后的规划设想逐步落地，航运、采砂、捕鱼等人为活动禁止，水环境向好，万事俱备，只差江豚。中国水生所在二〇一五年的三月和十二月分别从鄱阳湖和天鹅洲保护区捕捞四对八头江豚迁入故道保护区。这次跨越湘鄂赣三省的江豚迁地保护是在国内首次实施，从捕捞、体检、暂养、运输到释放全流程，都制订了严密的预案和实施前培训。参加江豚迁地保护的人，有中科院水生科学研究所的专家、研究生、渔民和各地保护区的工作者。

老朱这位旁观者和见证者，听着“迁徙”途中的故事：围网时不可围捕五头以上的群体，拉网要上宽下窄，抬运江豚的网架，前后两侧要分别留置侧鳍网洞和尾鳍口；车上要不停给江豚降温，半小时计数一次呼吸频次，帮江豚调换姿势；特制的水箱避免碰撞挤压，身体的一半置于水中，一半外露水面；运输车上配备有海绵、担架布等，前有警车开道，后有应急备用车……

首批从鄱阳湖来到故道安家的四头江豚雌雄各半，年龄最小的三岁，最大的十二岁。老朱现场看到它们沿着斜斜的滑道游向水中，对这片陌生的水域，江豚像是充满好奇的孩子，在疾速的游动中翻滚跳跃，溅起的水花落入水中，向外送出一圈圈美丽的涟漪，那拱出水面的光滑背脊，在阳光下如黑金般夺目。

8

那些日子，老朱从专家的嘴中对江豚的栖息生活有了更多的了解。江豚约五岁达到性成熟，妊娠时间超过十二个月，寿命在二十岁左右。江豚的交配是从追逐开始的，雄豚翻滚、侧游、仰游，尾随在雌豚的腹部及尾鳍前后，水面水花四溅，波浪涌动。

身体的碰触、亲吻，两头江豚腹部相对，靠近生殖器官，爱的前戏结束，激情时刻到来，雄豚在相伴游动中完成结合仪式，这时的水面却变得异常平静，两分钟后，交配结束的江豚缓慢浮上来，深深地呼吸，又依依不舍地离开。

专家还津津乐道江豚的分娩过程。接近分娩期的雌豚的呼吸频率会短且急促，食欲减退，常平静地停在水面，身体左右轻微晃动。分娩前一天，雌豚的阴道口会有乳白色液体流出，分娩时刻，雌豚会在水中急游、翻滚，然后停下来，过几分钟再次急游。每次急游都伴随着用力，幼仔被挤出体外，会向上游动，雌豚在朝相反方向游动时拉断脐带。幼仔顺势冲出水面，呼吸第一口大自然中的新鲜空气。这个分娩过程持续时间一般有两个小时。

第二年八月，故道有一头小江豚出生，这个幼小生命的到来，在老朱心里，就像是自家添了新丁般的喜悦。他那些天的巡湖一次也不落下，想看看那对江豚母子的模样。老朱最先看到一大一小两头江豚相伴游动，没过多久，小江豚顽皮地趴在妈妈的背上，露出水面呼吸时，像是一艘潜艇浮上来，有时它们会游到靠近岸边的浅水处，母豚身体侧向一边，露出另一边的鳍肢，小江豚则乖顺地贴向腹部，这是母豚的哺乳。从望远镜里看到这一幕，回到站里，他绘声绘色地讲述眼睛记录下的情景。此后每次遇到江豚，他会让驾驶船的同事将发动机关掉，让船随水漂动，不去惊扰它们原本拥有的自由。

折返时，小吴站长示意我们密切关注靠南的水域，隐约会有江豚浮上来换气。江上天气突变，从远处看到几团乌云追赶着，烈日渐渐没了光泽，乌云几乎在眨眼之间，就笼罩在故道之上，风拍打着水浪，我们的船艇大幅度地左右摇摆。大雨说下就下，噼里啪啦，参与到风浪的混战之中，浪向远处奔跑，像一片片青色屋脊向前推动，然后多米诺骨牌般倒下。这时，被雨水淋湿的江流上，一片斑点飞溅，雨声喧闹，浪尖皴染着水面的一切，即使有江豚浮出来，我们也无从真切地看清它的样貌和动态。

船艇在狂暴的风雨中缓慢地返回管理站驻地。雨终于停了，我们却到了离岛返程的时间。下雨的间隙，远处的江面却是半江晴日半江风雨，涟漪在雨点里荡开。在长江故道寻访江豚而不遇，或者说是擦肩而过，调皮的水中精灵故意玩起捉迷藏，小吴站长似乎比我还遗憾。“江豚在，这片水就有了生命。”这是他最朴素的心愿。五年时间，迁地而至的江豚开始把这里当成了家，繁衍、生息，江豚的数量在增长，故道的水，像是有魔法的水，江豚是水中的魔法师。但到一定的量，管理站成员面临的专业能力挑战也会越大。小吴站长还有一个生态旅游的品牌设想：到长江故道望江豚、观候鸟、看麋鹿、览长江、游湿地。但县里决策层摇摆不定的态度依旧困扰着他，地方经济发展与保护区升格之间微妙的矛盾像一张密不透风的网。他知道，前进路上的阻难和堑沟，还需要时间跨过。

老朱还有六年退休，退休后还会不会返聘继续干下去，他并不知道。但每次巡湖见到“微笑的天使”江豚，他都会感觉到特别开心。如果不是因为到了管理站，不是与故道江豚那么多次的亲密相见，不是看到那些纷至沓来的人投入到江豚保护中的深情，他不会是今天的他，不会认识到另一种生命的珍贵。渔民上岸，就地保护，减少人的活动干扰，江豚的生境已然比过去好了很多。保护江豚，既是为了保护这个可爱的物种，更是为了保护人类赖以生存的环境。老朱和身边朋友说到母亲河长江和江豚，眼睛里自然就会散出光芒。这是一种自信的光芒。

那天离岛上岸，老朱跳下车，微笑着打完招呼就一个人往前走了。有人轻声惊呼，月亮升起来了。半轮月儿挂在半空，素白而沉静。西落沉入地平线的太阳，还留恋着它的战场。看到老朱被夕阳拉长的背影，我想起留在孤岛上的小吴站长以及管理站工作的每一个人，都是披荆斩棘的哥哥，他们的寂寞和坚守，会被时间记住。

我没来得及问老朱的家离此地的距离，他已经走到远远的前头去了。他往前走的公路两旁，是齐膝高的青青稻田，而我们身后的故道之上，跃动着一根根金线似的光。人和水流，还要继续在广袤大地上行走着。

我和小吴站长加上微信后互动多起来，有一天看到他在朋友圈抒发胸中“块垒”，大概是积压心头的时间太久了。

又要提到江豚保护了，与湖北监利保护区相比，可能他们在晋升国家级保护区所做出的努力得到了市县领导的认可。很多工作迈步推进，甚至有些工作受制于我们的被动配合而搁浅，而集成江豚保护晋升工作却被非专业人士打入了冷宫，理由是怕环评影响到核电项目的发展。据我所知，江豚迁入保护区时就已通过县政府、核电项目指挥部等相关部门一起报批省环保厅，一方面说明迁入江豚并不制约核电发展，另一方面如有制约也是生态优先、环保先行的原则。

撑开“长江大保护”这把保护伞，相信也没有谁会无视长江生态发展的旗舰物种江豚的存在。南京市国家级江豚保护区就处于市中心，不但没有遏制经济发展，反而成了带动经济发展的一个杠杆。更何况我们直线距离有十六公里之外，与其把集成江豚保护区作为飞地边缘化，不如发展强大，把湿地、麋鹿、江豚保护打造成为城市名片，得天独厚的湿地，两个国家一级保护动物，以及我们的母亲河。多么珍贵的自然资源啊！就没有人惋惜吗（我要噙着泪水感慨）？

雪藏在湘鄂两省交界处的天然湿地，会“鹿”死谁手？还是有慧眼识“猪”的领导来发现这块宝地呢？

这位基层保护区工作者的吁求，让我陷入沉思。小吴站长的忧虑，是面对现实，也是面向未来。那天临别时，我与他说，专业的人先干好专业的事，生态的恢复和保护是一条没有尽头也是越走越宽阔的路，与地方发展的矛盾在时间里终将获得消解。我握着那双生着硬茧的手，似有一种信任与期许的力量在传递。

荒野之地，水是孤独的，人也是孤独的，但因为有了水中精灵江豚，这种孤独涂上了一种被力量包裹的色彩。

黑杨在野

1

那辆跑了八年的东风农用车，在从林阁佬上长江干堤的时候发生了事故，货厢装载的黑杨木头呼啦啦地滚下堤，砸伤了一头在坡下吃草的牛。

从长江故道到这里是四十五公里，崔福出生不久，就被划船的父亲沿着这条水路，带到了这个新垦出来的农场。车是崔福的，但那天他肠胃坏了，一晚上跑了十来趟厕所，筋疲力尽。他把车借给了村里的发小玉山，那段日子玉山四处找活干，答应他借车每天两百包干，油钱不用管。玉山是急着要把那批黑杨木送到华龙码头的船上，忙中出的岔子。据目击者说超载是车在爬那个长斜坡侧翻的原因。“你燎急火急什么呀？”崔福痛心，仿佛看着一根根圆溜溜的黑杨木你追我赶地滚下去。这下好了，车翻了，牛砸了，幸好没伤到躲到树荫下偷懒的放牛人。修车，赔钱，另找人找车把木材送到码头上船。崔福琢磨后续要解决的麻烦，肚子里一阵抽搐，又从后门钻进了厕所。

手机响了很久，他犹豫着接不接听。这是协商的电话，也是个要钱的电话。一辆破车，你们爱咋咋的，我不要了。他是这么打算的，但听着玉山苦兮兮地求情道歉懊悔，他心里好不容易砌起来的坚硬倏然间就倒了。

“山哥，我知道那时你也是遇到难处，但换了别人，我是不会答应借车的，你说是不是？”餐桌上，两个当事人喝红了脸，回忆起两年前发生的这件事，反倒变成兄弟情义的试金石。玉山涎着脸赔不是，原本口拙的崔福变得呱啦个不停，就像昨天发生的一样。我看着他们响亮地碰杯，一两五的满杯白酒，已经从“哥俩好”喝到了“四季发”。崔福舌头打卷，跟我抱怨：那次事故，走了保险后，他八千块把车卖给修车厂，帮玉山赔了牛主人七千九，最后算下来等于没亏没赚，但从此丢了跑运输的工具。我笑着说：“过去的事，该忘就忘了。”

“什么是该忘的？”崔福叹了口气，接话说，“我的本名人们都忘了，无所谓啦。”他说起自中年发福，比过去胖了一圈，多出一个下巴，有一天不知谁玩笑似的喊崔福，村里的人跟着邪皮地学。再次出门，他还是他，但在别人嘴里他就变成了崔福。

东风卖了后，他婉拒了人家请他去开货车的邀请。他觉得自己老了，如挂在墙上的渔具，落满灰尘，已成陈年旧事。抬头突然看到它们，总担心墙体太薄，钉子生锈，脱落一层斑驳的尘锈，随时会掉下来。他向来身体好，年轻时在湖上漂，肤色晒得黑红，但这是健康色，也没什么大毛病，连好多人有的血吸虫病，他意外地没有。区里的血防医院免费查诊，结果出来后医生都很惊讶，要知道那片江洲外滩是有名的虫窝，当然现在投入很多手段硬化治理后，轻易接触不到虫卵，医疗条件跟上来后，这种病也不算病了。但村里人还是说，崔福你小子神了，是不是湖里的人？

但这段日子身体造反，精气神接不上，他寻思不到什么原因，就索性慵懒地虚度这一分一秒、一日一夜。没事的时候，他学会了坐在家门口发呆，要是天气晴好，他会躺在出门两百米远的堤坡上，眯细着眼睛数指缝里的一缕缕阳光。阳光里有各种颜色，很多的颜色他叫不上名字。他就会找另外的事物来描述，像婆娘的皮肤，像反嘴鹬的尾覆羽，像水中毛哈鱼尾须的闪光。他的比喻千奇百怪，过路的村民听到，也会学他的样子并拢手指看看天空，然后摇头，目瞪口呆，心中啐了一口，太阳就是太阳，金光还是金光。他们没法看到也想不到那些绚

《洞庭湖志》舆图

丽的色彩。

人们想象过崔福的疼痛，少了大半截无名指的疼痛。玉山见面就经常问他：“还疼吗？”那是他剖鱼时的“杰作”。年轻时他是有名的剖鱼高手，青草鲢鳙，最擅长的是一掌长的鲫鱼，又快又好，剖完的鱼覆紧腹腔刀口，还能入水游动。意外发生在一次炫技式的打赌，围观者中有个流鼻涕的小孩突然踉跄扑向他，他想腾出一手扶住孩子，刀快刃利，削去一截肉指，鲜血溅飞孩子一脸。小孩举起右手摸脸上突然多出来的滚烫，血连同鼻涕抹向左袖口，扭身满脸无辜地走开了。人群先是呆住，接着被孩子的表情逗乐了，一阵哄笑起来。崔福也在笑，突然，他咧嘴大叫，然后捂住伤口，有人在鱼堆中帮他找那一节断指。这么多年过去，崔福的无名指上长了一个如蘑菇顶般的肉箍。有事没事，他养成了一个习惯动作，掐摸肉箍上的凹凸，像戴着一个大金戒指的人颇具意味地沉陷往事。

2

家里挂着的半边麋鹿角，是他在大湾芦苇场捡的。鹿角的主枝被摩挲得很光滑，分枝上有微凸的细牙锯齿，如尖锋利刃，伸展开去，像一柄古代长戟。他猜是两只在芦苇荡打斗的麋鹿中的失败者留下的。麋鹿不会钻进黑杨林，林子里没什么空间活动，而且这种树会散发一种独特的气味，它在的地方，树下不长草，树上不落鸟，湖区别的动植物都自动划清了界限。

黑杨是洞庭湖的“外来户”。黑杨不姓黑，学名叫欧美黑杨、美洲黑杨，其品种实际上是从国外引进来的。二十世纪八十年代，老村长走家串户游说，镇里引进了一种黑杨，洋气的外国种，要植树造林，造护堤的防浪林，造减少血吸虫感染的血防林。湖洲寂寥，空荡荡的，看上去到处都是闲地，这种黑杨命贱，长得快，适应性强，天生喜湿。湖区的人都吃过洪水和血吸虫的亏，防浪林若真能镇浪退水，血防林能杀死恐怖的小虫，那就是救命树、保安树。

那时村民半信半疑，偏于保守，大面积种植的少，有的湖滩洲尾、坡脚沟谷，村里投工象征性地种了几块地。时间很快改变了风向，崔福记得到了九十年代中期，周边村庄刮起“杨癫疯”的时候，大家嘴里说的、耳中听到的可都是赞美：

“高大挺拔，木质纤维长，生长快 、轮伐期短、林木蓄积量多。”

“最高能长到五十米，三年树龄就可用作造纸原料，五到八年树龄就能成为家具木材。”

“洞庭湖涨水，哪怕树梢被淹，只要不超过一周，就不会淹死，生命力超过本土任何树种。”

湖区人见面说话，拐着弯就落到黑杨身上，像是谈论一个可以点石成金的魔术师。黑杨的疯狂扩张，其实背后还有一个神秘的推手，那就是湖区曾经热火朝天的“林纸一体化”。二〇〇〇年左右，沿江靠城陵矶码头的那家大型造纸厂扩大产能，杨树成了首选，生长快、用途广、适应性强、投资回收期短、利润可观。此前就有纸厂的人开着车四处看地，找镇上村里的干部洽谈种树之事。也是从那一年起，连续几年粮价下跌，种地就成了一件吃力不讨好的事，地方政府要保障农民增收，鼓励大家变种田为种树，有的地方推出免土地租赁费、补助种苗费、低利息贷款等方式，黑杨的种植面积迅速扩大。崔福始终没弄明白什么是“林纸一体化”，但身边的村民兴致勃勃地谈论着这个沾着现代技术的新词，像是说着自家的事。大家的目光都落在了保护区内那些荒洲孤岛，荒芜中的聚宝盆。村民中头脑灵活的人，摇身就成了种树大户、造林大王，政府和纸厂成天吆喝，大家心心相印，好像这块宝地上即将种植的黑杨，立马就要让那些先知先行者富裕起来。

有个沾亲带故的镇干部登门，苦着脸说，若种植不力，他要连坐挨批受罚。放在今天来说，就是问责。父亲听明来意，碍着面子，带着镇干部扛着锄头出了门，装模作样地到地头上走了一圈，对外说是看选哪块地来种黑杨。躺在病床上的爷爷很抵触这种“造林运动”，经历过大风大浪的他心里认定，大家一窝蜂地干一件事，绝不会有什么好结果。他说得最多的是，一块地，长什么，地有它自己的选择，而不应该是人去强加的。但集体狂热的时候，很少能听进不同的声音。回过头看，爷爷的谶语，时过境迁，就变成了不惜代价地“全面砍树”，当年不听奉劝的人，只有把后悔吞进肚子里。

崔福跟在父亲后面，镇干部递烟点火，聒噪得很：黑杨成材，一亩地根据市场行情能达到三千元至五千元的收入，前三年，林下空地还能兼种油菜、蔬菜、玉米等作物，又能额外带来数百上千的收入。这比过去一亩地辛苦磕巴的收入诱惑力强多了。镇干部说的并非虚言，已经有很多湖洲上的村庄响应号召，有的干脆和纸厂签订了协议，纸厂出钱栽植，黑杨变成造纸经济林的代名词。临走时，镇干部悄声答允，帮父亲直接与纸厂签协议，双保险。

爷爷阻止在田里种树，父亲不敢违逆，但没过多久因为他的去世，这份禁令宣布无效。父亲把家里的地翻垦后种树，脸上藏掖不住的得意，在饭桌上吹牛：“我种的可是摇钱树、致富树，咱们家就靠这些树发财了。”那几年，湖里的鱼越捕越少，上岸的渔民、有地的渔民，都回村里种树。崔福看到村子里，村子周边，细瘦的黑杨噌噌地冒出来，原来一坦平洋的洲滩沃野被遮挡。大量的洲滩荒地很快被承包出去，一片片黑杨林，像一块块黑补丁缀满湖区这件长衫。他晚上做梦，青得发黑的夜空，下弦月惨白的光落在树冠上，枝条像千万条扭动的游蛇。那些树根闪电般越长越快，粗壮得像条大蟒，向地下钻，也向天上冒，冒出来的树根唰唰地跟在他身后追，在荒野中赛跑。

那简直就是湖洲上一段疯狂的“黑杨岁月”。没过多久，也不知从哪一天起，崔福听到村民说着这种常绿落叶乔木的另一个绰号“湿地抽水机”，原产地是大西洋东岸的北美洲，光照多，深厚疏松，湿润肥沃的土壤是它们的最爱，但这种爱又带来了最大的伤害。他们是从一个湿地生物博士那里听到这个说法的，一拨拨从外面来的人扛着望远镜和一些稀奇古怪的拍摄、测量工具，在村里转转，和村民递烟搭讪。眼镜博士被请到村委会的会议桌前，挥舞着双手，像发表一场战前演讲。

“核心自然保护区大规模种植，就是个绝对错误的选择，柔软的湿地日益陆地化，什么是陆地化，懂吗？”

“黑杨的生命力超过本土任何树种，它是湿地上的生物入侵者，你们使用灭虫剂护树，土壤恶化，飞鸟不栖。”

“更深层地说，黑杨成林，面积过大，会阻滞湖水流动，泥沙淤积加速，湿地调蓄功能减弱，洪水季节阻碍行洪。”

……

崔福半懂不懂，但有一点，他是认可眼镜博士所说的，黑杨成林后，树下不长草，树上也不落鸟，没半句虚言。

3

崔福在村委会的宣传栏里认真读过保护区张贴的宣传海报，第一排醒目的介绍就是关于“湿地”，是这样解释的：“湿地具有提供水源、涵养水源、调洪蓄水、调节气候、美化环境、净化水中污染物、保护生物多样性等多种功能。”

他并不喜欢这些抽象的描述，他所知道的，从小疯跑野逛的湖区，被浅水覆盖的土地，那些沼泽、滩涂、草地等，那些内湖、稻田，原来都是湿地的组成，还有长江，说是搞开发，有门路的人一哄而上，抢码头、采砂石、排污水，环境破坏了，陷入恶性循环，又想着千方百计去治理，治理的代价更巨大。父亲始终沉浸在黑杨致富的梦幻中。崔福每次从湖里回来，就要听他唠叨，一笔笔算收入账。父亲怂恿他赶紧上岸去包两块地，父子二人一起种黑杨，他沉默不语。他走进那块父亲种下的黑杨林，气味闻上去是苦的，有点像老烟民嘴里散发的。父亲说去年黑杨林起了虫害，啃食茎部的地老虎、蛴螬，吃叶的叶螨、杨白潜叶蛾，还有麻点豹天牛，村里用了大量的杀虫剂，速灭杀丁、敌杀死、乐果乳油、多菌灵、代森锰锌、退菌特、粉锈灵等喷施苗木枝叶。他看到过家里出现的那些商标图案恐怖的药瓶。残留的药液，雨水淋洗，像一把把刺刀插进脚下的土地之上。

他冷冷地看着黑铁般的林子，树干通直圆满，树冠广阔，树皮很薄，树下寸草不生，泥土干硬开坼，心形状的落叶覆地，像一块皴裂的石头。他踩上去，记忆里是隔着鞋底都能感受到的潮湿松软。现在呢，不知道哪一天，这片林地变得异常坚硬，硌脚，也硌心。

夜晚，他被混乱的梦蜇醒。他在梦中走进黑杨林，突然间，林子变成走不出的迷宫，湿雾、寒气、冰凉铺天盖地，刺鼻的药味致人头痛欲裂，行走的树让人眼花缭乱，地面微微战栗，耳畔游荡着低幽的哭泣，所有的声响像是从树根里传出来的，所有的道路都被树阻断。

渔民上岸大政策推开之后，玉山劝他看清形势，“水上跑不了船，到岸上就跑车”。他思前想后，咬牙从家里的积蓄挤了两千多块钱，把驾驶证拿到了手。那时玉山很神通，当了几年鱼贩子，手头有些盈余，开着一台新买的长城哈弗，满心想着钱生钱、赚大钱的事。他交友甚广，不知听了谁的蛊惑，接了人家原先种杨树后来改行退出的租赁地。有次喝酒，玉山要拖着他一起参股种树，他闷不吭声，最后找没钱的借口推脱了。

玉山多喝了几杯后，对崔福不开窍的脑袋进行教化，掰着指头给他算账：一九九七年那会儿，杨树制造的中高密纤维板每立方价格能卖到三千八百元，到了二〇一四年只有两千元左右，最近一年黑杨行情又开始强势反弹，现在每吨木材八百多的价格，折算纤维板价格涨到了四千。他说到兴头上，拍着桌沿说："你信不信，到时不管是卖给纸厂打纸浆还是送到家具厂做板材，不提前付款预订，保管他求着来拿货。"

一年半后，也就是到了二〇一七年七月，世道突然就变了。村里的好几个"种树大户"，没事就聚到村委会，大家都从手机新闻中看到中央环保督察组发了话：年底前，将严重威胁洞庭湖生态安全的核心保护区内的杨树全部清理到位。当时官方公布的数据，洞庭湖区的杨树清理，涉及东、西、南洞庭湖和横岭湖四个自然保护区，杨树种植总面积为二十八点七五万亩，其中核心区七点九九万亩，缓冲区和实验区加起来二十点七六万亩。

"什么叫清理到位？"种树大户慌了，前不久才听到风声，还在观望政策的硬度。新上任的村支书历来持反对立场，逢人便说："不要侥幸了，上头说一不二，黑杨的'大限'到了。"

崔福东凑西借买了辆二手农用车，主意是玉山出的，"不种树，可以运树，发不了财，但钱赚不尽"。多半时间他会被那些种树大户喊着去运黑杨。有的种植户把洲滩上的芦苇砍了，用挖机挖沟抬垄，在垄上栽植杨树，也有胆大妄为的用水泥桩打矮围，排干水后种树。照眼镜博士的说法，物种单一的“绿色荒漠”是非常可怕的，别的植物长得少了，生物多样性和湿地平衡就打破了，好端端的湿地会被陆地生态系统吞噬。他在黑杨林周边的水沟看到水都变成了淡淡的墨色，有少数的小鱼在游动。弄明白后，原来是黑杨的落叶特别多，掉在水中，水域很容易富营养化。

有的种树大户暗中开始征招伐木工，他们嘴巴很硬，却心中发虚。有的租赁地是与政府、农场签的合同，办了林权证后抵押给了银行，有的业主转了几道手，关系复杂。这些聪明人也看到了形势所迫，懂胳膊拧不过大腿的理，该砍还是要砍，迟砍不如早砍，到时一窝蜂地砍，价格必然下挫。村支书抓着几个大户，跟他们算面积算株数，要加速度“歼灭”这些黑杨，劳动强度不小。崔福看到村支书四处打电话找人、借砍树的油锯，看到那些骑着摩托远去的身影，他突然想起，十几、二十年前，他们也就是那些扛着铁锹被雇用了去种树的人。

玉山那段日子非常郁闷，刚投入全部家当租好地，杨树是三年以下不长，四年以后疯长，没成材的树若是提前砍了，损失可想而知。政策变化让他怀疑人生，无比沮丧。他后悔了，被人家也是被自己的贪心“算计”了。崔福也烦躁不安，早该劝这位发小的，那几年多疯狂，上头说湖区水田退出黑杨种植，虽然雷声大雨点小，有人顶风从垸内转向垸外承包，从沿岸向湖区深处挺进，村支书鼻孔嗤嗤，“最后就看哪个倒霉鬼挨刀剁了”。

村支书新官上任，把广播架起来开通，大清早就在宣读学习政府文件，洞庭湖生态环境十大重点领域整治，二〇二〇年湖体水质要达到Ⅲ类标准，关键一条就是黑杨清退。

“你们也多看看宣传栏，泥沙淤积，都是拜黑杨的‘福’。”村支书又开始数落。根系发达的黑杨深扎洲滩大地，固沙能力强大，有人隔一年看出些端倪，几年之后发现整片林地抬高了不少。有一年夏天汛期，长江洪峰过境，湖上连日大雨，水位超警戒，成片的黑杨林被淹。远处林冠层被水淹没的地方，有一团团如星云般的水回旋，像是有一种引力阻滞着它流动。区防汛办的人跑来，言辞激烈，大肆批判：“杨树林对水流阻滞严重，远高于原生的灌木、草本植被，洞庭湖的行洪能力明显降低，就是被黑杨所累。”

没有人搭讪，但聚过来的村民多起来，玉山耷拉着脑袋，村支书半是讥讽半是同情：“上面早叫停了这个外来物种，要求‘三不种’，核心区不种、行洪道不种、基本农田不种，你还蹚这趟浑水干吗？”一番话让玉山的心里是雪上加霜，扭过头懒得理啰唆的村支书。崔福纳闷，省里的湿地保护条例和国家林业和草原局公布的湿地管理规定里，都明确了湿地内禁止引入外来物种，为什么之前不严格遵照执行呢？

玉山喊了几个利益受损的大户喝酒消愁，说是共同应对想点子，酒一喝上头，满腹牢骚，你一句我一言地吐槽：

“靠水吃水，种树吃树，那么多树，怎么砍？”

“你说保护区管得太宽了，洲滩上这也不允那也不许，又没有补偿措施。”

“管控早严格点哪有这么多麻烦，这几年他们睁只眼闭只眼，现在问题大了，真拿人垫背开刀，我们都是冤死鬼。”

也有清醒者说出不同意见：“还是人心不足，要赚快钱，再说还是没找到比黑杨更适宜推广的树种。”

玉山摆着手说：“你说种啥，鸡婆柳、枫杨这些乡土树种，生态效益高，但成林时间长，经济收入太低了。构树、鸡桑的经济效益还应付，不也是成林费时久，推广不开啊。”

酒喝完了，唇枪舌剑，私愤泄完，问题还是没解决，办法也没想出来。众人散去，玉山留下来结账，摸口袋的动作变得畏葸，没了过去的豪爽。他新种的林，购苗费、管护费，还有除虫费，投了一百多万元，但成材率只有百分之十。一个巨大的亏损黑洞，玉山蒙了，往后那段日子崔福看到他，人都是恍恍惚惚的，像是只剩下魂魄的影子。崔福心里也不是滋味，他知道，这一下，玉山又成了穷光蛋。

4

父亲老了。立秋的那天晚上，父亲脱掉上衣，站在屋门前的石阶下洗澡，他背佝着，瘦骨嶙峋，背脊像一座风化的薄山，那些峡谷、沟壑、峰峦、鸟藏身的罅隙、野兽奔跑的路，都能找得到痕迹。

父亲不再念黑杨的致富经，家里的几亩林子也砍得差不多了。剩下最后几棵长相丑陋的，叶子掉光，起风时，树杈间会发出声音，像石头敲打着旷野上凝成镜片的雾霭。父亲再也不愿到地里，那地已经干裂板结，有的树根没清理干净，地里看不到半点绿色。像是雷区，那些过去随处可见的菹草、马来眼子草、菖蒲、杉叶藻、看麦娘、球果蔊菜都不生长了。父亲气喘吁吁地将一棵被风刮倒的黑杨大卸十八块，在空地上点燃，几个无所事事的村民又拖来些细丫碎枝。火越来越大，村子和黑杨林被火光燎亮，林子顿时矮了半截，远处的湖水像是抬升溢出，要把整个村子和大地淹没。

崔福开着农用车去荷花洲跑运输，那里曾经种了数千亩的黑杨林。有一台履带式叉车蚂蚁搬家似的，用机械手捡起杨树枝干，放进车厢里，车摇摇晃晃开到停在湖岸边的吊车旁，吊车再将这些黑杨木卸到船上。过上两三天，堆满粗粗细细黑杨木的船启程出发，运往湖南沿湖地区的纸厂、板材厂，也有的送到江苏的家具厂。

湖上风寒且劲猛，一根根杨树倒地，过去的丛林变成空地，像大地剃去了长发。几个穿羽绒服的人哈着手，站在风中抽烟，烟头忽明忽暗，头发被风掠飞。那些日子，区林业局分管的李副局长头皮发紧，每天早上进办公室，就要看送上来的砍伐计划和报表，然后打电话催进度，有时干脆带着砍伐工作队的人到进度慢的村里协调、查勘。很多杨树还没有到砍伐期，砍掉会带来损失。解除洲滩承包合同，也遇到不少阻力，有些黑杨林承包户，怂恿村民一起拖延。李副局长上门拉家常，联络感情，想办法解决问题，一个个攻破那些原本不坚固的堡垒。崔福遇到李副局长几面，砍伐队提前预租了他的车，树虽难砍，但砍起来也快，砍倒了就要马上运走，一环套一环，工作节奏塌不了场。那个专项整治三年行动方案从上至下都领了军令状，二〇二〇年底前必须全部清理完成。

去区里上访的人回来了，玉山领着去也领着回的。树说砍就砍了，砍树的费用，销往哪里，他们要去讨个明确的说法。崔福从他们脸上看到一点喜悦，领导说了，黑杨退出工作不能停，不能阻，也不差钱。这算是表态了。他们早就算好了账，木材现在的价格是低了点，优质的每吨五百多，差的三百，加上早几年的盈余，亏空不算太大。他们都知道，政府要的民生要的生态，是说出口就要做到的，螳臂挡车的事，谁干谁就是傻子，和平退场，也是一个好的结局。有人说起接访的领导，还是蛮懂事理的，说欧美黑杨不是洪水猛兽，树本身没有错，只是种到了不该种的地方，不应该在核心保护区大面积种植，对黑杨也不要一棍子打死，保护区之外合适的地方还是可以种的。但崔福想，这个时候谁再有胆去种黑杨，那就真是傻到骨头里了。

玉山放下过去当老板的架子，又变得勤快起来，长城哈弗卖了，换了个二手摩托。他到荷花洲扛油锯砍树，为了赶进度，吃住都在船上。砍倒的树被锯成分段分节，装满黑杨的船沿水往下游，从三江口进入长江航道。最后一棵黑杨倒下的时候，玉山和几个种树大户请工人们接连喝了几顿酒，喝得七八分醉，哭着哄闹起来，就唱湖上悲伤的渔歌调子。

时间在轰鸣的油锯声中锯成碎片，被风吹散。区里管辖的洞庭湖外滩湿地上的黑杨八千七百四十四亩如期清理，这个数据实打实，李副局长往上报完数据那天，心里的重担才卸下，看什么都感觉顺眼了。但后面的工作还要继续，省里新增长江外滩及垸内欧美黑杨面积两万八千零八十六亩，已清理一万五千一百五十三点八亩，余下任务要在二〇二四年底轮伐期前逐年清理完成。

玉山回村里，拿着一张报纸，给几个无所事事的村民念新闻报道：清退东洞庭湖自然保护区欧美黑杨七万零一百六十亩，如期完成三年清退任务并销号。报道里还提到了岸线、洲滩整治的消息，华龙码头变成了一片青草沙洲，鱼跃鸟飞，绿头鸭、江豚都回来了。从芦苇场银沙滩至七弓岭段的长江外滩，从林阁老至七弓岭的长江岸线段，岸线护绿、丰草、疏田、营林、理水，在建一条高颜值马拉松赛道，未来几年内洞庭湖生态修复会发生更多变化。这些数据没过多久也许都会被忘记，但大家唏嘘不已，这件过去不敢想象的事，竟然成了近在眼前的现实。崔福听着大家你一言我一语，抬头看了看远处的天际线，空中飞鸟振翅，田野上越加宁静。

5

那天我们在一起，崔福人生第一次把玉山喝趴了，指着彼此头上发丛中的白色，突然蹦出了眼泪。我开车想去荷花洲看看，经楼西湾附近的老北门渡口，老公路已封闭管理，穿过封锁栏，湖洲阔远，对岸是鳞次栉比的楼群。这条荒弃的公路上有很多河西人的记忆，洞庭湖大桥未建之前，进岳阳城，都要从这里登上一艘如战舰般的渡轮。我青少年时代回家的必经之路，像失忆般，回想不起这片洲滩上的黑色城堡。

湖水浅浅覆没，鱼群密集游过，望不到尽头的湖洲野蛮生长着一大片密不透风的青苇，青得耀眼、迷醉，苇尖轻摆，有飞鸟盘旋停驻，如大地画屏。原先的黑色，数千亩的黑杨林，已经从这里沉默退场，大地上的黑斑彻底消失。岸边还剩下一棵硕大的杨树根，冬去春来，树根上重新发出数十根细瘦的枝条，随风摇摆。残存的大树根，是它们曾经来过的记忆。人们让它留在那里，不是怀念，而是对生活与命运的警示。

下篇 | 唯水可以讲述

化作水相逢

通往岛上的路只有一条，乘船水路。

岛在洞庭湖的什么位置，少年没有一点概念，距离的遥远让他内心摇荡着焦躁，像夜幕下眼睛看不见耳朵却听得到的水声。从湘西大山出发，先是挤了十个小时的汽车，车上的乘客大包小包，都是村里出来砍芦苇的人。路上多数时间大家是沉默的，有过一段激烈的讨论是关于芦苇今年的价格判断。卖上好价，收入也会好一些，这是大家的渴盼。喧吵过后，汽车里一阵静寂，很多人闭目养神，一个粗胖女人喃喃自语，儿子等着她今年赚的这点钱去登未来媳妇的家门。另一个尖刻的声音“刺”过来——给你媳妇买全套银饰，你还得来砍十年，那时候媳妇是别人家娃的娘啦。胖女人瞪了“声音”一眼，扭头望向车窗外，那些景致与她无关。

不知过了多久，汽车“吱呀”一声停下，有人喊：“到了！各自换船，走吧！”

那些还在睡梦中颠簸的人纷纷醒来，啧啧地议论着外面的天色：“啥时间啦，比山里还黑得早！”然后伸懒腰，打哈欠，站身起立，搬弄东西。车厢顶灯坏了，嗞嗞闪了几下就彻底“歇菜”了。大家只好借着远处晃来的水光，某个人打开手电筒的光，清理行李，徘徊下车。叽叽喳喳的说话声此起彼伏，车厢像一个大洞，慢慢被掏空。大家作鸟兽散，三三两两，几声招呼，瓮声瓮气或粗野豪放，很快都消失在空旷的夜色里。

黑蓝色覆盖的夜空下，少年感觉风像野孩子似的东奔西跑，冷不丁露出尖尖的牙齿，重重地咬他脸蛋一口，或大摇大摆地撞个满怀。他顾不得“咬撞”之痛，急急忙忙伸出双手却没能扶住这冒失的家伙。风又调皮地呼啸而去，留下火车鸣笛疾驶过后的“呜呜”响声，在耳畔飘来荡去。

父亲说，岛很大，四面环水，通往岛上的路是乘船。

船，那是一条多大的船，能迎风破浪吗？浪花飞溅到船头，打在甲板上，碎成一颗颗发亮的珠子，滚来滚去。少年如此一想就来劲了。他在山里生，山里长，对父亲描述的这片大水有着天生的好奇。他那点偷偷学会的狗刨式游泳技巧，能在这不着边际的湖水中横冲直撞吗？闭上眼睛，往水里一跳，仿佛他就成了游泳健将，细长的手臂把水波划出一条条漂亮的弧线。

十五岁的少年第一次出门远行，他掮起装着锅碗瓢盆的行李，磕磕碰碰，循着父亲的声音指引，继续往前走。脚下的泥土是软的，空气是湿的，冷风飕飕地灌进脖子，少年能触摸到那股与山里不同的气息，到处都飘着水的气息，在夜晚冻成一层薄纱，能哧啦哧啦撕裂。父亲来过好些次了，每年到芦苇收割的秋冬时节，父亲要跟村里人一道，在湖洲驻扎三个月。芦苇割完了就回家过年。母亲也来过，不过这次父亲决定让母亲留在家照顾两块地的粮食、一头牛三只猪的吃食。还有正在读高中的姐姐，父亲割芦苇赚的钱，就是要供姐姐把书读完。对读书的事，少年从不上心，也无所谓，父亲几顿棍棒教育也不见起色。山里人读个书不容易，父亲摸准了他的心思，默认了儿子的失败。少年读到初中毕业就歇火了，准备跟几个亲戚家的长兄外出打工挣钱见识世界，父亲不允，“跟我去砍一茬芦苇再说吧”。要出远门，到一个陌生的地方，待几个月，少年很兴奋，即使他知道出来是要卖力气的，身体结实的他不怕，他清楚自己现在多的就是力气。

出门前，姐姐回来了一趟，听说弟弟要去洞庭湖砍芦苇了，翻来覆去看他的手掌，眼角倏然间就红了。少年明白姐姐的心思，父亲砍芦苇把手砍成了一块生铁，粗糙、锋利，打在他身上疼得很，而他双手还没磨砺过的细嫩皮肤，会发生怎样的变化呢？睡觉前，姐姐躺在床上念了一句他仿佛熟悉的话：

“蒹葭苍苍，白露为霜。”姐姐说，这是《诗经》里的，三千多年前流传下来，里面的蒹葭就是芦苇。另一张床上的少年心头一惊，父亲多次描述过的，那些茎秆高直挺拔、叶穗长袖飘舞般的芦苇，原来是从那么遥远的时间深处走出来的。少年心中，芦苇从头到脚生长出侠客隐士的飘逸和硬朗。

湖面一片深邃，没有尽头，船摇摇晃晃，仿佛是行进在一条狭长黑暗的甬道，只有尾舱机器的轰隆声响，打破空气中的凝固滞顿。船尾驾驶舱挂着一盏汽油灯，光亮如豆，随时要被风吹熄灭的样子。周围的水声摇曳多姿，引人遐想。在他和水之间，一块巨大的幕布遮挡得严严实实。少年不听父亲的劝阻，站在舱口向夜幕里探望，其实他什么也看不清。

父亲说，要是白天运气好，可以看见江豚，黑溜发光的脊背拱出水面，追逐船只。船有时会经过一片光亮，巨型船舶像一座城堡。铁脚架矗立在船上，探照灯光如瀑布般垂落。

“那是挖沙船在作业，湖底的沙子能卖钱，运到城市里盖高楼大厦铺桥梁马路。”父亲说。

“湖底会挖空吗？”少年想起山里的采石场，一个炮眼炸响，火迸石溅，地动山摇，满车满车灰白色的石料运走了，一年半载下来，大半座山挖没了。

“这湖底，恐怕早已经千疮百孔了。”父亲回答。

闪烁的光跟刺骨的风一起荡动，湖仿佛才真正在少年的眼前打开，脚下的波浪变换表情，起伏荡漾。少年心头一颤，“千疮百孔”的湖床会是一副什么模样？像吊挂在老松树上的大蜂窝。有轻微密集恐惧的少年做此对比，立即起了一身鸡皮疙瘩。他又像潜游者看到宽阔水面下的情形，一个个巨洞的上方，急遽的力量卷起旋涡，无数涌动的气泡，碰撞，炸裂，再碰撞，再炸裂。

岛是荒岛。来往的人影比不过天空飞过的雁鸭多，但岛上的芦苇不能不砍。芦苇这种多年生禾本植物，生长在靠近水的潮湿地方，过去在湖区主要是当柴烧，或是编芦席，临时搭个草棚茅屋，涨水时护堤挡浪。等到人们发现它是造纸原料，于是一步登天，身价倍增。乌鸡变凤凰。种芦苇，收芦苇，砍芦苇，运芦苇，卖芦苇。芦苇也就不只是芦苇，可以变钱，变许多别的东西。

从车上到船上，在少年的眼前，芦苇的影子仿佛无处不在，睁开眼，闭上眼，密密麻麻、重重叠叠地压过来。他在离家不远的山谷里，看到过水流之处的石头罅隙间，也零星地长一些瘦高瘦高的芦苇，三五枝簇拥在一起，与苍莽大山间的深绿浅绿墨绿碧绿遥相呼应。可洞庭湖的芦苇一眼望不到尽头，白茫茫的，在风中起起伏伏，那是多么壮观的场面。父亲平时有心无心的讲述，让少年更加向往。

动身前夜，父亲在家里边整理行李边跟少年说话。他说：

“到了初冬时节，芦苇花絮随风飘扬，种子落地来年春发，算是靠天种靠天收。”

“天种天收？”

“嗯，都不用人打理的，自生自灭，就像山上的草。”父亲说，“后来有了造纸机器，芦苇的纤维含量高，就成了造纸的原料。于是有人承包苇场，雇了壮年劳力，像农民种田一样，开沟滤水、看土施肥、化学除草治虫、人工护青保苗，湖洲滩地上的芦苇也越来越多。”

那些日子，芦苇就跟着少年走走停停。他向小伙伴绘声绘色地说起芦苇荡，是比大山有着更多乐趣和奥秘的地方。

时间在寒风之夜过得很慢，寒意越来越浓，少年不由自主地裹紧身体。船尾马达声时而轰隆，时而歇停，催人昏睡。他伸出五指，想去捉住那股与山里不同的气息，飘飘荡荡的水的气息。这气息在夜晚被冻成一层薄纱，手指轻碰，哧啦哧啦撕裂，像落满一地的玻璃碎片。父亲的喊声，敲醒恍恍惚惚的少年。他抬头张望，到的是个什么模样的地方。汽油灯照亮一片模糊的陆地，少年跳下船，踩在一片松软的苇梗上，苇梗下是更松软的淤泥。伴随着脚步的挪动，发出吱嘎吱嘎的声音。

把“家”安在这个陌生的岛上，父亲要盖一间什么样的房子呢？少年困意全无，兴奋起来。他抬起头，天地空旷邈远，没有灯，却有光汇聚过来，是水波的光，倒映在天幕，又晃照到湖洲之上。风也变得柔软起来，少年的视线慢慢适应，能依稀辨认近处和稍远地方的事物。这个岛是他将居住的“新家”，真是奇妙。

父亲从行李袋中找出刃口发亮的弯刀，走到附近的芦苇丛中，转眼工夫割倒一片。在父亲的指导下，少年帮着用细麻绳把芦苇结实地打成一捆一捆。父亲说，这是“新家”的大梁，这是“新家”的柱子。打好“地基”，他又像变戏法似的从行李袋中翻出折叠整齐的旧尼龙帆布，摊开在地，风贴着地面吹鼓起帆布，父亲顺势一抖，转眼之间帆布就“盖”成了一间芦苇棚屋。支棚、架床、开窗、开门，这种快捷简易的造房术，让少年对父亲钦佩不已。他听从父亲的吩咐，搬上几捆芦苇压住“墙角”，这样帆布不会随风刮掀。

父亲几乎一夜没睡，他在卧室里“搭”了两张芦苇床，又新盖了一个屋棚当“厨房”，然后把带来的家当一件件摆好，还用芦苇编了两把方凳、一张餐桌。这一切都是在少年睡着以后完成的。少年在梦中回到了老家，梦见自己站在一个小山尖上，看着父亲躬身在弯曲的梯田里劳作，身影越来越小，最后变成一个黑点消失在视野尽头。梦中的少年并不欢喜，风把忧伤吹进他的身体，不知不觉眼泪静静地流淌出来，顺着眼角、耳郭，积洼成耳沟凹处的一汪清池，水波微漾，泛起粼粼光浪。

少年醒来的时候，“新家”被一团明晃晃的天光包裹着，好像这棚屋原本就是一个发光体，向岛上、湖上、天空绽放无尽的光芒。芦苇制作的几样桌椅，散发着植物刚离开大地的清香。掀开帆布门，白得耀眼的光迎面扑来。眼前岛上的景象把少年震惊了。

铺天盖地、茎秆高挺的芦苇，顶着沉甸甸的穗头，随风摆动枝叶，向远方致意。从未见过这么多的芦苇聚集一起，举手投足，像严格训练的战士。风刮过来，芦苇抱团对峙，站成铜墙铁壁。又终于抵挡不住一波波的猛烈吹袭，芦苇向着同一个方向低头、弯腰，瞬间就要折覆在地。与见过的水稻相比，这些芦苇就是超级巨人，高大、粗壮、招摇，少年感觉自己就像一个小不点，在这荒岛之上无比孤独、渺小。

父亲砍得快，他砍得慢，收割过的芦苇地，空了一大块，风狂命地刮过来，被芦苇的铜墙铁壁挡住，发出一声呜咽又卷土重来。刀割破苇秆的声音窸窸窣窣，像孩子的抽泣。休憩的时候，少年常看到远处芦苇垛惊飞几只水鸟，打开翅膀，线条般的身影，越飞越远。他想到在苇丛里捡到过的空壳鸟蛋，那是水鸟生命没开始就终结的墓地。

亢奋的少年拎起弯刀，跃跃欲试。他跟着父亲的示范，顺着芦苇穗垂头和风吹来的方向，弯下腰身，左手夹抱苇秆，刀起苇落，整齐地匍匐在地。这成为少年心中一幅最美的画面。

苇秆上锋利的原生枝叶划破他的手掌，留下道道血痕。少年不怕痛，父亲说，人的一生就是疼痛的一生。他模仿父亲从地上抓一把泥敷在手上，这样感觉好多了。

父亲叹息，洞庭湖是块宝地，滩洲上长芦苇，湖里游鱼，湖底出沙，占一样都要发大财，但那是别人的财别人的梦。尾随这些铺天盖地的芦苇，蜂拥而至湖洲之上的苇民，都是从湘西、贵州、四川一些边穷之地，候鸟般飞过来的。割完了，又要飞回去。从芦苇丛到芦苇棚，从睡觉的棚到吃饭的棚，生活圈地的单调让少年感到寂寞，他爱听的手机音乐也不能二十四小时打开，充一次电要跑到老远的商店去。他像一头性情无常的豹子，烦躁的时候，把芦苇当成猎物，手中的弯刀像血腥的尖牙随意噬咬。不远处的父亲并不理会，一声不吭地继续，芦苇倒下的地方，平整干净，像打扫过的战场。

秋冬季节的湖区，下雨是常事。父亲很烦雨，不能做事，砍得少，就没钱。但少年喜欢这样的日子，不用出工砍芦苇，就独自披戴上父亲编织的苇笠蓑衣，去岛上的小商店，或四处转转。小商店设在一连排半坍塌的砖房里，歪歪扭扭的“商店”两个字，字迹模糊。一个小宝笼，玻璃上浊迹斑斑。这几间砖屋没门没窗，也是芦苇编的床，十来个打鱼的汉子住在里面，父亲说这些人是帮当地的鱼老板做事。下雨的时候，这些人也窝在屋里，架一个鱼火锅，鱼敞开吃，几瓶便宜的散装白酒。少年被邀请喝过一次，劣质酒辛辣刺喉，他话少，跟渔民不知怎么交流，问一句答一句。放蛊、赶尸、傩戏、米酒、山寨、崖壁，少年的家乡物事对这些人来说，满是好奇。但少年对墙上、屋角悬挂和堆放的渔网、鱼刀、鱼叉、鱼篆、鱼夹恋恋不舍，他很想跟着这些渔具去捕一次鱼。有一回，少年看到几个汉子挑回来满筐满筐的鱼，很小的鱼，像是鱼种，他也不明白他们要把这么小的鱼送到哪里去。那个整天嘴里嚼着槟榔的青皮后生白了他一眼，说了四个字："送去喂鱼。"

第一次听说鱼吃鱼，少年不解。但不解的事情有一天迟早会解开，即使解不开也没关系，过些天就忘了。人有那么多的烦恼，不会因为一次不解而郁结终生。打鱼的汉子都喜欢拼酒，胸膛喝得红通通的，能把芦苇点燃。青皮后生突然向少年吹嘘见过的一种庞大机器，那是厂家正在试用的芦苇收割机，一天能割八百亩，一个壮劳力呢，一天顶破天割不到一亩半。青皮后生突然忧伤地说："明年那些包工头联合起来买了机器，就不要雇这么多劳动力了，也许明年就再见不到你了。"少年不以为然，他其实并不想像父亲一样，成为这种原始作业劳动者，他可以去朋友们提到过的城市，在那里打拼赚钱，赚很多的钱，把父母、姐姐都接到城里来。而到现在为止，这次是他最远的一次出门，除了县城，他还没去过真正的城市。

向来严肃的父亲这次在岛上干得很欢心，他偷偷欣赏儿子的卖力，会咧嘴一笑，露出一口又黑又黄的牙齿。一天晚上，他破例给少年倒了一小杯从家里带来的酒，掐着指头算，“你每天能砍八十多捆，按每捆一块计算，一天能得到八十多块钱，三个月下来，除去下雨开销，回家过年的时候差不多可以领到六千多块钱”。当然父亲得到的会更多，他的力气大，很多时候，少年累了就不砍了，就一个人回到窝棚里倒头睡觉，有时他从一个短暂的梦中醒来父亲还没回，外面的天空已拉上厚厚的帷幕。少年跟父亲提到青皮后生说过的机器，父亲早就知道有工厂在生产这样的机器，他说：“不多想，人活在这世上，总有一条活路。”他又说：“机器议论好几年了，包工头们嫌太贵，不愿买这种性能不稳定的机器。如果真有那一天，有一大半以上的人会不再被雇用，每年入秋的时候，再也不会有人通知他们村里的人‘去洞庭湖砍芦苇’了。”嗟叹的父亲说完这些，倒头就睡着了，更多的时候他砍累了回来，只顾沉默地抽烟，不说一句话。

少年的很多梦来自岛上，还有把岛围住的大湖。白日所见，为夜所梦。他梦见姐姐也来了，两人在芦苇荡里追赶，乳白色的苇穗，柔软、芬芳，拂过脸庞，像姐姐的长发一样飘扬。他们一路奔跑，芦苇让开一条道，路很远，风吹来，托起两个年轻的身体。还有一次是跟青皮后生去捕鱼，在浅水的淤泥里埋伏好长长的地笼王，不一会儿，这种长长的网兜里游进来各种欢蹦乱跳的鱼，他抓一条，哧溜滑走，摔落湖面，溅起满脸泥浆。这些梦给他带来愉快，但也有些狂风暴雨中在岛上迷失跌落黑洞的噩梦让他惊吓出一身冷汗。父亲警告过他，湖洲有些邻水的泥沼地是不能去的，陷进里面就再也起不来，谁也救不了。

岛上的日子过得很缓慢，也很迅疾。天不会一直下雨，少年还想着回家，就得拿起弯刀，走向那片仿佛永远也砍不完的芦苇地。姐姐有天晚上打来电话，很沮丧，她想寒假来岛上看弟弟，但母亲不答应。末了，她问那叫什么岛。少年愣了愣，煤炭湾、腰角、卢荻洲、差齐岬、鬼目滩，这些都是他这些日子里听到岛上渔民的称谓，他想不明白为什么一个小岛要披挂这么多名字。他岔开话，说明天问清楚了再告诉她。他躺在厚厚的芦苇床上，想，岛太大了，他要飞多高才能看得清岛长的相貌。也许，这岛上到处都是一个模样，芦苇丛、皴裂的土地、铧开的沟渠、平静的水面、踟蹰的水鸟。

芦苇收割接近尾声时，少年比以前更加卖力，每天的成果不断增加，这样父亲会爽快地答允他夜里可以去砖屋的汉子们那里玩。少年一直惦记青皮后生的一个承诺，要驾驶那种蒲滚船带他去湖上捕一次鱼，这种船像巨大的拖拉机头，长着巨大的铁片脚，引擎发动后会激起雪花般的泥片。一片片，坠落下来，在水光下炫目极了。那天晚上，后生又喝多了，他们发了半个月的工钱，小商店里的酒被买空了。少年很恼火，一个人偷偷取出挂在墙上的鱼夹，去了几里地外的捕鱼水域。

少年看到远处芦苇垛惊飞几只白色水鸟，打开翅膀，线条般的身影，越飞越远。他一个激灵，跟着白色鸟飞去的方向，钻进了芦苇深处。秋冬季节的芦苇荡，湖水退去，南来北往的白鹭喜欢在此嬉戏觅食，麋鹿三五一群藏匿其间。修长而饱满的灰白色苇穗，像一支支画笔，日沐金光，夜吸银露，饱蘸天地间的风霜雨雪，在湖洲上涂鸦出一幅绚丽多姿的画卷。茎秆挺拔的苇秆，如长剑飘舞的苇叶，被少年的身体碰出哗哗啦啦的响动。他也被芦苇的坚韧撞得摇摇晃晃，像海洋般的苇浪一下就吞没了少年瘦小的身影。

少年几次试图跳起来，像一只鱼儿般跃出水面吐个气泡，但苇浪又高又大，在风中左摇右摆。他的头有些晕眩。走累了，蹲下来，连根拔起一根芦苇，半湿半干的泥土黏附着它十分发达的匍匐根状地下茎。丰水季节芦苇会浸没在水下，久而久之，在芦苇身上留下一道清晰的界限。白的花，绿的叶，黄的秆，顶部苇穗高挑饱满，挺在水面之上的晚生枝叶泛着绿意，剥掉水中泡了几个月的茎秆上的腐枝败叶，能嗅到大地的芬芳气息。

少年掐头去尾，用一截笔直的苇秆拨弄着地上稀疏的草叶。有灰白色的小螺蛳壳，螺口沾着泥垢；有边缘残缺的河蚌壳，混杂在光滑的碎卵石间，还发现了几个脏兮兮的空蛋壳，有大有小，淡淡的灰绿色，任人踩踏。少年猜这是鸟蛋，不知是否成功孵出小鸟，或是生命没开始就已终结。

在山里，少年和小伙伴掏鸟窝是把好手。他们眼睛毒，瞄准了刚孵蛋的窝，趁母鸟外出，几个人你抬我爬，身子灵巧，跃上主枝，噌噌噌，又攀到鸟窝边，手伸进去，暖暖的茸茸的感觉，喜上眉梢，眼睛笑弯成一轮上弦月。树窝窝里喜鹊居多，偶尔能碰上一两只稀缺的苍头鹰。有的伙伴心狠，要断了鸟父鸟母的念想，一举捣毁鸟窝，一根根长长短短的树枝缤纷散落。觅食回来的鸟找不见窝，自己的儿女也丢了，就绕着山林、村庄没日没夜地叫。大人听见，知道是孩子们的淘气之举，都摇头叹气，丢下一句："这些鬼崽子。"父亲不许少年掏鸟窝，他只能偷偷去，也不敢带回来，就藏别人家，挖个泥洞，找个草窝，还要去找食。有些鸟体弱，没养多久就死了，他们草草一埋，愁肠寸断，没过几天又玩性大发，去寻找新的猎物。

湖洲上的鸟，多会选偏僻草深之地孵育，这比找树上的鸟窝难多了。要是能在这里寻到一只水鸟，就不会再感到孤独了。少年低头搜寻有没有完整的鸟蛋时，听到隐隐约约传来呼唤自己名字的声音，那是父亲在叫他。他环顾四周，呼喊声像是从四面八方传来的。这差点让他迷失，找不到回家的路。他找到脚印的方向，赶紧往回跑，哗啦哗啦，身体的碰撞，在芦苇荡里又腾起一股细小的声浪。

少年认真辨认了回去的路，像个侦探一样，察看了脚印，还判断了一下东南西北。但走出芦苇荡的路似乎没有尽头，他莫名地紧张起来。清晰的脚印，模糊的脚印，斜斜浅浅的。少年把脚放进一个，像钻进一个空荡荡的房间。父亲叫唤的声音仿佛又飞来了，近在耳畔。

第二年冬天，洞庭湖的水位更低，湖洲上的芦苇长得更茂盛，渔民捡到一件缠着水蓑衣和菹草的皮夹克，青皮后生认出了是来砍芦苇的湘西少年穿过的。他在那个夜晚消失，后半夜的一场暴雨，汹涌、凄厉，好像四面八方传来求救的声音，而岛上的父亲与汉子们都在酒精的催眠下酣睡。所有人都帮着父亲，找了整整三天，雨把脚印冲洗，没有行船离岛的记录，大家最后断定少年陷进了黑色的 沼泽地。

岛上渔民那天跟我讲述少年的故事时，还提到了那个远在大山的姐姐。她在弟弟失踪的那天夜里收到了一条短信。现在大致可以想象，是少年发现自己再也逃离不了岛上的最后时刻，从上衣口袋里取出了手机，借着屏幕细微的光，给姐姐发了条短信，那是他在这世界活着的最后证明。姐姐问过他多次的问题，他可以回答了——

通往岛上的路只有一条，乘船水路。

有人说第二年春天看到一个女孩来到了岛上，也许是少年的姐姐。少年走过的地方，足迹被冬雪和春雨覆盖抹去，他化作了湖里的水，见到水都是他们的再次相逢。

致江湖儿女

人间客

又一次见面，她站在临街的屋门口，那双脚又细又瘦，迟迟没有迈过门槛，扶住门楣的手微微弹动，像极了一朵花的绽放。过一会儿，正好夕阳穿过那座初唐建造的古塔和鳞次栉比的黑色屋脊，照在她安静的脸上和裸露的白皙皮肤上。彼时，街河口的鱼巷子生意清淡，顾客多是清早上午摩肩接踵热气腾腾，鱼档的鲜鱼卖得所剩无几，青石板上的脚印被水冲洗得锃亮，喧声消歇，早上灌进去的声音都倒出来，留下几声低回呜咽般的细语。

她身子一抖，终于往前走了几步，步间距短，略微倾斜。有人跟上去，她却推开伸过来搀扶的手，冲人抿嘴笑了笑。这时我才把她看得更清晰。脸和手上的皮肤如同发光的白纸，筋脉潜伏，薄薄的红润像扑飞的一片水沫。她的眼睛明亮，像湖面上的波光，粼粼闪动着说不清来处的湿意。牙齿雪白，像蚌壳合拢锁着的一道白色银边。旁人小声说，她活得越来越清瘦，走路脖子伸长，头向前点地，像不像一只白鹤？她似乎隔着距离听到了，就放缓步子，学着鹤走几步，脚尖触地，慢得时间如同停滞。走远了，活脱脱一只鹤的背影。

几年前，她一个人常住红旗村，守着一个空院子。空闲的两间房租给了保护区，放置观鸟仪器和田野考察工具。水鸟越冬调查下湖的前夜，我们聚到村里住一晚，她像迎接归来的儿女，生火做饭，杀一只鸡，煮一锅鱼，这顿饭说说笑笑，冷落的空院子闹腾起来。

乡下人天生好客，有闹腾的地方最聚人气。吃过饭，剔着牙，坐在屋门口聊天，村里有人来串门，送点熏过的腊味。我们在说今年湖里监测到的四种新记录鸟类——黄头鹡鸰、北灰鹟、卷羽鹈鹕和黄臀鹎。她没听说过，当然也无缘亲眼见到，连这几种鸟的名字，她都不会写。带队的小余站长翻着手机，普及常识，又带着叹息声读道：“世界上已有一百三十九种鸟类灭绝，其中有三分之一就发生在近五十年的时间内，现在有一百八十一种鸟类濒临灭绝。”

她似懂非懂。她最熟悉的是那种叫鹤的候鸟。从后门走出百余步，拐过半亩水塘，跨过一条壕沟，看得到红旗湖一只手环抱的内湖，形状像一只探头探脑的刺猬。有年秋冬之交，她去找一种野菜，隔着壕沟看到两只白色鸟，在稻田中央一前一后，踱着规矩的步子。那天湖上风吹雾散，看得清晰，鸟的羽毛极其洁白，人们走动的声响惊扰了鸟，它们抬头张望，扇了扇翅膀，像举起一双大手，微屈的长脚突然蹬得笔直，拔地而起，又在空中平展双翅滑翔，再振翅往高处斜飞，扇动的翅膀像一个大写的字母“M”。飞出一段距离的白鹤，头、脖颈和脚，如一片铺展的叶子，没有褶皱与弯曲，空中传来几声清悦的鹤鸣。她说那是最美的飞行姿态，鹤飞远了，闭上眼睛却并不会消失。

天空的这些白点后来许多次在她的眼前飞动。茫茫田野，田塘相间，残存的挺水植物和零乱的枯枝败叶。她过去还认识一些野物，有一种体黑的水禽，头像鸡，游水的模样与鸭无差，嘴额是鲜红色的，肋部有白色纹，上翘的尾巴下面有白斑，这种叫黑水鸡的水禽很黑，黑得透亮，盯得时间长了，又觉得那黑色在发出墨绿色的光泽。黑水鸡喜欢藏身于枯败荷塘的水面上，是潜水的高手，一头扎进水里，游出十几米远。它们不擅长飞行，遇袭或感应到危险，就不管不顾地往草丛或芦苇丛中躲藏，倒是能躲得毫不动弹。它就是靠着这样的伪装，逃过几次野孩子的捕捉，她看得清楚，偷乐起来，觉得黑水鸡有一种可爱的聪明。

红旗湖是一只更大的刺猬。阳光照耀着湖面，抚摸着涌动的水浪，闪闪发光，看起来像一片金色的土地。

灶屋悬空挂着一个硕大竹篮，像乡下刚出生娃娃的摇窝床，烟火熏得黑黢黢的，不知道有多久没取下来过了。这种竹篮，早就不时兴了，过去却是家家户户都有。竹篾削片，交叉缠绕，顺势成圈，露出蜂眼般的孔洞。竹篮的箕口又有一层更劲道的青篾皮走一圈，青绿相间，打磨久了，箕口光滑，是盛鱼的好器物。鱼在竹篮里整齐码列，鳞片摩擦着亮光。那个在湖上长大的男人对她说，湖的历史就是鱼的历史，鱼比人多，鱼记载着水的一切。他又说，水是鱼的脸，也是人的镜子，照见鱼看不到的地方。

她对鱼的认识，是与对那个黑壮男人的认知一起加深的。后来她搬去了街河口的鱼巷子，街并不长，从南往北逐步抬高，那是名声响彻的一个鲜鱼交易地。稍远几百米的码头停摆着一条条湿漉漉的船，夜里从湖雾深处驶来靠拢，打开中舱全是鱼，号称日产万石。活蹦乱跳的鱼从那里起水，飞快地散进千家万户、宴桌餐盘。男人是从鳞衣来识鱼的，鱼体湿滑液流，不同形状鳞片下的斑纹线，却有着外人看不出的差异。离开水面，鳞衣会自动锁闭，不留缝隙，像收缩的铠甲保护着最

《洞庭湖志》舆图

易受伤的肤体。鱼在水中悄然换掉身上的鳞片，旧的褪落，新的簇生，如同收割完的庄稼在日光流年里又长出一茬。

在她家歇脚时，她把一切安排得妥当，却从不主动说话。问她，她才回答。“人老了，在别人眼中就活成了精怪。”她偶尔也会幽默地自嘲。时间像湖水一样从她的身体里流走，到底留下些什么，连她自己也说不清楚。

“见过湖上的风没有？”有人略知一二，她守着一个与风有关的故事。

她想了一会儿，说不知该从哪里说起。她经历过太多湖上的风浪了，连黑旋风也见过。后来才知道，那是湖里的水被卷起，升上半空，加上天色晦暗，水和风融为一体，风就变成黑色的了。风在湖上，是不知疲倦的，过去的小船斗胆不避的，通通掀翻，毫无道理可言。即使驾驶的大船，没有经验的舵手，发生侧翻或被风浪打折船桅也是常事。

风是从水底下升起来的，也是从那些根系发达的芦苇的空心里吹出来的。因为芦苇抱得紧紧的，抱成一大片，风奈何不了它。遇到大风来了，有人好奇，站在长堤上看风的狂暴表演。没过多久，风就会跑到村里来，那些屋檐下来不及收好的衣物，都长上翅膀飞到空中，有人挥舞手臂，大呼小叫，跟着那些变了颜色的衣物追赶。衣物挂在树枝上，落在屋顶，掉进壕沟，有更轻薄的东西，越刮越远，永远也找不到了。追的人跑得气喘吁吁，追不上了，才停下来，跺脚咒骂。他们骂得非常空洞，像是一场演戏中忸忸怩怩的送别。风还是不管不顾，贴着地，像一头暴躁的野猪，用尖锹般的嘴，在墙根、屋角、房门底下猛拱，关在屋里的人，听着门外翻江倒海的声音，身体里的骨头和关节会不自觉地战栗起来。

她说的这一切，在我脑海中速写成了画面，却并没有我特别想看到的那张。和村里许多人的来历相似，她算得上是一个外乡移民，年轻时从湖北洪湖嫁过来。家中母亲连生了五个姐妹，她是最不被待见的老三，母亲和大姐的巴掌和竹棍，随时都会在她走神的时候落下来。她也是母亲那双大脚板耕过的一块地，头发是母亲一把就能薅住的杂草。她哭吵抵触，不肯干活，招来的又是一顿敲打。“都是要泼出去的水”，母亲的一句玩笑话，流动的戏班子师傅就把她带走了。她跑了一年，边学边看，也临时登台出演，登的台是那种在乡镇和村庄搭起的戏台，演的都是些喽啰丫环的配角。

“有花自然香喷喷，何必把兰麝分别论。”“明早晨，要赶集，背褡破了三条筋，我找我的干妹妹与我打补丁。”她喜欢听那些花鼓戏曲目，到现在还记得其中的唱词，有《春草闯堂》《补背褡》，还有折子戏《戏牡丹》《柜中缘》。师傅说，帝王将相戏非儿戏，妖狐鬼怪情是真情。师傅这句话，震得她一惊一乍的。她听那些戏词入迷，看着台上人物的一颦一笑、一唱一念、一做一打而激动，脑子里蹦出很多念头，觉得人就应该不去考虑任何后果，实现那些不成形的想法。师傅是个好师傅，心疼这个勤快的徒弟，却教得严苛。生活给她安排了另一场戏，师傅准备给她排戏上台的前一天，她却跑了。

她跑出戏班，带着某种不能言说的屈辱。那是在一次城郊搭台演戏的晚上，演出结束，她还和同伴热烈地议论着明天进城去逛逛梅溪桥，戏班主进来，笑嘻嘻地说宵夜做好了。待大家一窝蜂散去，她却被堵在了临时的道具服装屋里。一切突然变得狰狞和凌乱。那张平时本就不敢多瞅几眼的脸上，像玩着变脸，把谄媚、哀求、威胁、凶残、邪恶带血带泪地抖搂出来，演成了舞台上的最大反派。外面的几声咳嗽和一件长袍演出服救了她一"命"，情急之下她把衣服蒙在戏班主头上，将一长排服装和道具掀倒他身上，趁着一阵慌乱破窗而逃。她的衣服已经被扯破，顺手带走了另一件云纱长衫，披散头发裹着瑟瑟抖动的身体，往城中有光的地方连夜奔逃。什么都来不及多想，脑子里只有一个念头，跑得远远的。她也不知道跑了多久，像超越了极限的奔跑者，可以永无止境地跑下去。原计划是从街河口等到天亮后再找条返回洪湖的便船，她实在是太困了，就坐在鱼巷子一间临街房子的门口，靠着一堵散发着湿气的墙沉沉地睡去。在睡梦中，一条迎风破浪的大船向她驶来，船头站着曾经被她厌烦的母亲和大姐，在焦急的张望中迎向她。

夜晚是梦中乘船离开的。恍惚间睁开眼的时候，一股浓浓的鱼腥味呛了她一口。身边围着一圈人，她下意识地站起来，又慌张地捂着裸露的身体蹲下去。当然，一个陌生的女子，脸上弄花的妆容还没洗得干净，衣服被扯破了几处，身上缠着一件花里胡哨的云纱，这样一个戏子打扮的女子出现在这里，不被围观才是不可思议的。她似乎是要在一群陌生人面前登台演出了。

她此生的唯一一次婚姻，是嫁给了一觉醒来看到的那个男人。旁人开玩笑说她嫁的是湖上的一条“风网船”。后来她才知道，有风网船的都是水上的大户人家。回到那个逃离的夜晚，她困顿地睡了几个时辰，醒来后发现围观者中那个皮肤古铜色的男子瞪着一双微微外凸的眼睛。眼睛里射出一道特殊的神采，能穿透世间万物，像尖尖的木楔钉进她的魂魄里，永远也拔不出来了。那一刻，她面红耳赤，觉得在这双眼睛面前，自己是世界上最糟糕的模样。

就是这位黑壮男子礼貌地把她请进了家门，她就是在他家门口睡着了。他的母亲给她准备了一套换洗的衣物。进屋后他没有说一句话，但她从眼睛里读到了善意。等她换洗好出来，他正埋头细致地修补着铺满一地的渔网。网洞很大，她忍不住说了一句：“鱼不都会跑掉吗？”

黑壮男子只是微笑着。

她又说："鱼跑了，那你打鱼不是白费了气力吗？"

"为什么要一网打尽呢？"

她想到了昨夜的破窗，她也是一条漏网之鱼。她觉得眼前这人傻乎乎的，也许在他眼中，她才是真正的傻子。

这个介绍自己叫许飞龙的男子，抖了抖银丝状的渔网，说道："有了鱼，水才有了颜色有了动静，也有了味道和形状，打鱼佬从小受到的教育就是，要给鱼活路。"

她心里在说，鱼在水中，到处都是活路，碰到打鱼佬，才是没了活路。

慈眉善目的许母做好了饭，她闻到桌上的香味，这才意识到自己饥肠辘辘。在她狼吞虎咽的时候，许飞龙偶尔会瞟一眼。她知道他在偷看她，或者说，他们互相在偷着打量对方。他们说的第三句话，是她问他："为什么鱼儿要成群？"

她摇着鼓鼓的腮帮子，他怔怔地盯着她说："那是因为鱼比人更怕孤独，水路太长，风浪太险，鱼儿成群是保护自己。"她当即就改变了主意，不想回洪湖那个又穷又僻远的乡下老家了，回去了终归又要出来，她要留在这里做一条成群的鱼。

街河口发生过许多事，那段日子大家说得最多的是许飞龙捡了个漂亮的媳妇，那是上天安排的姻缘。许家殷实，标志就是拥有的那条双桅双帆的风网船。大桅高十五米，头桅略矮一点，帆篷升起张开，像是船安上了翅翼，跑得过七级大风，冲得破四米高浪。这条船有二十一米长、三米宽、一米二深，这样的“巨无霸”，是属于年轻的许飞龙的。她没想到那个夜晚的悲剧出逃，会是这样的一个喜剧转折。

许飞龙的父亲是风网大队中的老渔民。解放衡阳，洞庭湖上剿匪，一九五四年特大洪水抢险救灾，风网船在风浪中左摇右倾，却又总是化险为夷、安然无恙。风网船都带有大拖网，船上十来个壮劳力才能完成一次拖网作业。她跟着跑船，见过一次许飞龙带人拖网，网是早上放下去的，从红旗湖最东边，船一直在慢慢往前走，帆挂起来，船速提快，网也慢慢浮上水面。青草鲢鳙鲤鲫鳊，网眼大，小鱼都放生了，余下的都是上了斤两的鱼，那是她见过最多的一网鱼。她顿时明白为什么许飞龙用的渔网比别人的洞要大了。打完那网鱼，遇到了一个寒冬，第二年，湖里的鱼就少了很多。机动船多了起来，风网船没过多久就退出了历史舞台，湖上跑的一百多条风网船，后来都不知所终。

她走回屋里，走回黑暗中，手中的蜡烛光把屋子照亮，有那么一瞬间，她感觉到整间屋都充满了光芒，光却让她看不到手中的蜡烛。这时，她特别想祈祷，成为一名虔诚的信众，跪在那个空中人的膝下，说一些只有他能听到的话。村里停了电，世界陷入黑暗，我们累乏而卧，小余站长教我把脚抬高，血液回流纾解了白日徒步的劳累。我突然想起隔壁那间侧房里的渔具，那些普通的渔具，被收拾得干净整齐。据说是从许飞龙沉船的地方打捞起来的，有人问她丢掉吗。她摇头，把它们带回家。有鱼的地方都会看到它们，但我是第一次在这里见得那么齐全，渔网、鱼篓、鱼篆、鱼刀、鱼盆、鱼案、鱼镖、鱼斗、鱼笠、鱼夹子。那天夜里醒来，我分明听到侧房里的窃窃私语，是这些渔具按照自己的出生年代和水中用途争座排位，这多像一个水边的寓言。这些归属于那条倾覆之船的旧物，在水汽弥漫的村庄里，与她朝夕相伴，却变成了最遥远的念想。

失眠的时刻，她也能听到夜色里的声音，即使是很远的洲滩上水慢慢吃没那些矮灌和野草的声音，风摇着村口的大樟树的喧哗，还有崔百货家货架间几个孩子抢吃食的吵闹。有更特别的声音，是湖边上的虫子在屋里飞过来扫过去，像逡巡的战机，碰到灼热的灯泡，或是灶间扑出的火苗，就烧焦翅膀扑扑坠落下来。

最多的一种声音，是许飞龙剖鱼的声音。鱼的身体撕裂，从腹部、背部、腮部，肉绽血流，似乎是鱼在发出疼痛的哭喊。见识过许飞龙剖鱼的人，一定不会忘记他，那种动作方法的高妙是很多人永远也学不到的。有的人生而有天赋，他有一双瘦细却有力的手，比任何剖鱼的刀具厉害的手。她刚跑到街河口，有时就坐在门口的阶级上，痴痴地看他面前一盆鲫鱼，七八两左右一条，匀称而饱满。他手上出现的一根有小指甲盖粗的锥针，磨得尖细锋利，灵巧地在针腮附近的鳍翅插入半根筷的深度，在锥针抽出来的间隙，食指滑进鱼肚内，鱼身一个倾斜，指头带出来一根鱼肠，肠上粘连着一个小钱袋般的苦胆。他迅速掐断鱼肠，鱼鳍破口处合拢，液衣上的一点血迹抹去，看上去完好无整地躺在鱼盆的水中央，还能摇头摆尾地继续游动。

好多次下雨的白天黑夜，雨珠落下，天空的眼泪，砸出大地巨响。她就在这响声中梦到他，一张脸像被暴雨冲刷过的山坳。这张脸靠近她，藏进发际，发出细微的声音。她并没有听懂声音的具体内容，但那必定是求助的。

有人在背后议论过她的丈夫，杀生太多，她并不以为然，命运的安排是无人知晓的，那么多在湖上漂的人，有的终生平安，有的英年早逝，水认识所有人，不会只厌恶某一个人。她想起那个夜晚过后的黎明，堤坡上青草倒伏，道路明净，她不知道该望向哪里。湖上的暴风骤雨，她已经诅咒过了。世间的暴风骤雨，她也已经诅咒过了。

有时在梦中，她又见到了许飞龙，这个再也感知不到人间痛苦的人，却还是满脸痛苦的样子，坐在一把藤椅里，蜷腿缩脚，眯缝着眼睛，像是害怕明晃晃的阳光。他盯着屋前的一片空旷，那条通往村里的拓宽的路上，一个人走过来，是另一个他，一身长途跋涉的尘土，边走边抖落，有时那人踉跄着，真是担心他摔倒再也不会起来。坐在椅子里的他，也像只白鹭一样，伸长脖子，发出几声咕咕响动，目不转睛地看着自己的死亡。

她是村里唯一养猫的人。那也是一只老猫了，没事的时候就卧在大门口，抓挠着一旁的木椅或是地面，不远处的墙角，有风刮进院子的一些杂物，黑色的羽毛、风蚀的蝉壳、干涸的粪球，更多的是一层覆一层的落叶。许飞龙家是最早在村里建大院的人，院中央立着一栋两层红砖楼，大瓦檐坡顶。过去有跋扈的老鼠，在横梁到廊柱、墙根到瓦檐之间发出吱吱的欢声，在檐下容纳阳光的边缘试探着触摸那个光亮的世界。可此时，人去楼空，到处是猫走动的影子，家里的老鼠匿迹了，剩下一些生活的秘密和真相，比人活得更长久。

那天晚上的月光亮晃晃的，大地之上镀着一层银辉，她坐在家门口，缝补一条磨破了膝盖的裤子。那个人是喝醉酒后过来的。他原本是走过她家门前的，突然又折返，摇摇摆摆地站到了她面前，时而遮住月光，时而又把月光还给她。她并没有感谢月光的归还，而是冷冷地站立，举起手中的针，针变得比缝补时更长，像一把寒光凛凛的匕首。是自我的护卫，也是挑衅示威。她认出了来者，从他的眼睛里看到一座大厦坍塌。湖风吹得他接连打了几个哆嗦，平日里的嚣张被刺向心口的针挑破，脓汁外溢，肿胀压瘪。只剩一张纸的距离，他还是退缩了，村里的狗突然狂吠一阵，窝心也在狂吠，咬痛了他澎湃的欲望。后来是他自嘲地讲述了这个夜晚的惊险，这份供词如同爆炸物，她在人们心中的柔弱顿时荡然无存，她用一根针给自己建立了一个城堡。

她从湖汊湾回来，前几天预报说有大风，十几条座船都弯在汊矶口。崭新的船，涂了桐油的木窗，舱顶，舷边，在阳光下闪闪发亮。一条船一户人家，这十几条船就是一个小村落。船主熟识的，把船挤得紧密，你来我往，如履平地。有的性格疏远些的，把船停得远一点，显出些错落。等到起风了，船上的人都跑出来看，把船头横杆上晾的衣袜和挂的筲箕、篾盘都收进去，有人直起身，迎着风吹的方向，头发卷起来，像是拔离地面前的起跳准备。但她眼前却常常浮现的是那个生离死别的午后，天色突变，黄昏提前降临，满天乌云和满湖恶浪进行·场生死角力，要将天地来个颠覆。因为身孕，她被留在家中，突然的眼皮跳动，预感到湖上的危险，她挣脱许母的劝阻，跌跌撞撞地跑上了长堤。心中的焦虑、狂躁和不安，连同吐不出来的哽咽，都被风抽打得支离破碎。她踩空一块石头滚下堤坡时，一阵剧痛好像要把沉重的肉身碾成齑粉，身体也变成了湖，水在汩汩流动。自己碎了，红旗村碎了，所有的未来都碎了。

冬天，渔民闲的时候多，喜欢扎堆烧火取暖，把掉落的枯枝收罗一抱，被挖出来的半截树蔸，有人还顺手牵羊把哪户墙垛码得整齐的木柴抱走一捆。火很快就燃烧起来，火星在半空发出噼啪响动，盘旋着上升，越爬越高，成了天上一片一片油亮发光的云彩。那种火，能烧上几个时辰，甚至从早到晚。有人散开，转身回家，又有人走出家门，向着火堆聚拢。有时候，村里的东头和西头，会烧起两堆火，这一边的好事者打着吆喝，想着法子把火烧得更旺；那一边的人不甘示弱，不知从哪里搬来倒地的一棵树，那种除了制作纸浆再无用处的速生杨，火烧得噼里啪啦，像村子被缠卷的长长鞭炮炸响。

小余站长有多少年都是绕着湖打转，也早习惯了湖上的纷纷人事。那个时候，他从湖上回来，会坐在她家门口，听到湖风在红旗村吹出嘈杂的声响，像一夜猛涨的湖水刮擦着堤岸的草丛和碎石。上了年纪的渔民话少，冬天像是怕舌头冻着了，一开口，自动打着卷儿，那是他也听不懂的秘密交流。

人们看到她坐在岸边的时间越来越长。她并不搭理，兀自看着水中粼粼闪闪的群鱼，追着浪，迎着水，来来往往。波浪不是风力所致，是鱼的游动所为。她怀疑自己眼花，揉一揉，总见到一条大鱼，时游时停，扭头回望，鳞片起伏，像是要抖落那副甲胄上的忧伤。她的耳边响起一阵念诵，从黑夜大地升起来的声音，让人丢魂落魄的大悲咒，是唱给水中的亡人。这些密集的声音，如同湖上风卷巨浪，芦苇荡枝头压低，满树银杏鹅黄落地，她感应到的是世间苦难在身体里挣脱捆缚的锁链，迸发出咔嚓咔嚓的呐喊。

她突然觉得，整个世界都变成一片荒芜，所有人都淹没在水底，连呼救的声音也没有发出。

有一段日子她搬回鱼巷子，许家的人一个个被时间带走，但许家的产业还在，多年前贩鱼买下的两爿铺面、一间带小天井的房子。房子是那种很老很老的了，弯拱形的黑色瓦片，一块咬着一块往上攀升，像一群排列有序的人臂挤臂肩拱肩。青砖垒起的墙堞都有造型，年深月久，墙头动物形状的砖雕不知何时没了踪影，却也无人追究。隔几家，都会栽植有树，多是老香樟，春天落叶时，黑瓦间就躲着许多的落叶，风一吹就盘旋着飞起，落到巷子的老石板路上，或远远的湖面。她刚住进来，像住进一个没有了灵魂的躯壳里，随处碰撞的都是陌生和空旷。瓦缝间有老鼠奔来跑去，猫却因年迈腿软，慵懒地卧在门口充耳不闻。巷子里的院墙相邻，方便了那些调皮的孩子放肆追逐，踩落几片瓦，房前屋后，天井院落，响起一阵当当哐哐的碎片声。很多次，她迷迷糊糊中又看到了与许飞龙初次见面时眼睛里的那道光，通透有温度，照亮着她，不愿睁眼，睁开光就跑远了。

她已经知道自己的衰老，如同一朵花开到荼蘼，人生的美丽都是过去式。有人念及她曾经的美令人动心，她都只是心中一颤，脸上平静得看不到一条皱纹在动。在镇上帮人卖过一段时间的鱼，有人背后叫她卖鱼嫂。这个表情冷漠的卖鱼嫂把生意做得风生水起，外面来镇上贩鱼买鱼的人，都喜欢挤在她的摊位前，脚步生根，脑子里会蹦出那么多问题。你看上了哪条鱼，指一指，她不吭声，动作麻利地捞起。她捞鱼用网，望人一眼，见无异议，称好重量，然后双手捧起放进买鱼人的篮子篓子里，像是怕弄疼了鱼。

许飞龙出事时，湖上一片浊浪，睁眼不开，待到风平浪静，上百个船工和渔民上游下游分头打捞了五日，船骸找到不少，他的尸首始终不见。沉睡在水下的人，多是被鱼吃得干净。这么一片浩瀚的水成了他的墓葬地。起初，她有多眷恋他，就有多恨这片日夜流过村庄的水。有人叹息，谈论着无法捉摸的天意。那时，她却变得淡然，从悲恸中走出来，劝慰许母和家人，死在水中也是死在大地之上。

是在一年多后，她才请来风水先生帮他选了一个衣冠冢。仪式之前，风水先生嘴里念念有词："人为飞龙，飞龙化鱼。"她心里刻着这几个字，有时看见鱼摊前的游动的那些大鱼，她从那些鱼眼中竟会看到几个熟悉的手势。真是像做梦一样，许飞龙就出现在这些鱼的眼睛里。

晨起暮歇，她感到眼前一片迷蒙，像是起了雾，迎风流泪，挤在眼角的眼眵也多了起来。许飞龙走后，她好多回就朝着船翻沉的方向，那也是她摔倒在地失去孩子的方向，天微微发亮，或夜色朦胧，她的眼前多了一道道水波。那是一段欢乐时光，跟着水走，追着鱼走。她钟情地看着他将湖水直接舀到锅里，没有泥腥，没有污质，就是最自然的味道。她后来再也没吃过那么鲜香的鱼汤，即使是村里新架设的自来水管，她也闻出了一股生锈的味道。她流过太多的泪，眼睛受了伤害，看不清远方，她也不介意，远方原本就该是不要看清的。而在内心深处，她知道，上天占有着时间来打发一拨拨人间过客，一个人差不多到头了，就如同她此时的感觉。

她走在村里的路上，望着那些走到前头的人，他们回头时，目光相遇时，总像是有话要说的样子。但他们什么也没说，又径直朝前走了。

又一次见面，我们平静对视，她衰老的容颜却遮不住眼眸里的光亮。她叙说那些过往，每一个字眼都发出了波浪起伏的共鸣，如一名大提琴手演奏着所有悲伤的低音部。

圆形之夜

每一个早晨，他都要借助外界的声音才能从睡梦中醒来。

唐山妻子的，或是路过的村民与登门顾客的，他们叫着崔百货的名字，像是用电锯锯着一段木头。他的耳朵闹哄哄的，极不情愿地挪动着肥胖的身体。尽管如此，他还是觉得成人之后的生活要远比儿时更为确凿。

童年时的恐惧经历，像一张细颗粒的砂纸，把每一个夜晚打磨成长长的涵洞。他匍匐在地，似乎永远也爬不出画地为牢的夜晚。涵洞弧状的四壁光滑冰冷，有的地方长满棘刺，听得到刮破皮肤带出血肉的轰鸣声。

他不知道声音从何而来，他呼叫的声音，也被轰鸣声淹没。

这些恐惧，父亲并不是不知道。当村支书的父亲很晚才回，看到床上缩在角落的他满头大汗，嘴里发出断续的惊愕呼叫，并不怜惜，而是吭哧哼哧地边拍打着满身酒气，边摁水中葫芦似的去按他摇摆的头。这个在村里有着绝对权威的男人无法把握一个孩子的畏惧，他从外面回来，有时怒气冲天，有时欢天喜地，但有一点永远无法改变的，是红旗村通往每家每户的道路在他脚下都是亮堂堂的。

母亲躺在另一张床上，传来几声叹息，和屋外刮进来的风声，都是紧绷的。她是个药罐子，发丛里散发出的都是中药味道。在他六岁那年，母亲参加村里的集体捕捞，这位有着一双铁手掌的大力女人独守一边网，在寒冷的湖水里站的时间太久，起岸后落下了类风湿的病根，不久衍生关节退化，行走变得艰难。去镇上、县里看过了医生，集体劳动后遗症在村里好些人身上都有，母亲是最严重的一个，可父亲在广播里从没点名表扬过一次这位叫杨玉花的女人。

还有一个说法，村里崔山的媳妇忍受不了丈夫夜里出门爬到香寡妇床上的耻辱，登门撒泼，以死相逼。香寡妇也不示弱，不顾颜面，走出家门投湖，为了表明决绝之心，据说还吞服了几颗呋喃丹。当然并没有成功死去，路过的母亲警觉地听到了湖水的响动，认出了即将沉没水下的蓝印花布袄子，香寡妇被救上来，像条垂死挣扎的鱼一口口呛吐着水沫，呋喃丹也许毒性还没散开就呕吐出来了。闻声而来的崔山媳妇看着湿淋淋的香寡妇，当着众人的面毫不犹豫地跳入水中。她的姿态是摆给赶来的崔山看的，两者之中只有一人能活下去。母亲手忙脚乱，又跳下去救人，并和一个不愿被救的人在水里打斗起来。这个过程中，崔山就站在岸边，看着生命中的两个女人闹出的荒唐事。母亲几下折腾，气力殆尽，最后吼一嗓子：谁再跳，我就陪着一起死。岸上众人纷劝，崔山一脸烦躁地扭头走了，这才中止了两个女人的胡闹。母亲忘记了那几天正是她的生理期，回到家中，下身就开始流血，止不住地流，姐姐不在家，流血的场面吓着了他。那些蜿蜒着从母亲的大腿根部流出的血，开始像发丝，后来变成蚯蚓形状，又像极了他无所事事将沟坝钻泥穿洞引出的一股股逃命般的水流。

到他记事更清晰点起，母亲的行走就变得不正常，先是双腿打颤，站立不稳，然后愈发软弱无力，如同软骨病患者。母亲凭着一双大力铁手，成为村里渔业队最早的女成员，患病退出后，即使只是帮着修补渔网，连这点老太太能做的事也干不成了。她更多的时间是坐在木藤椅里，看着天色一丝丝变暗。木藤椅是香寡妇托崔山进城买的，母亲的小身个子正好团卧在那张小船似的椅子里，隔很久才换一种舒服的姿势。他即使在现场，也没想通透一件事，母亲是如何从水中将身高马大的崔山媳妇和胖胖的香寡妇救上岸的。这是一个谜，村里也从没人去谈论过，仿佛母亲天生就力大无比。他也有一双孔武有力的手掌，和他慵懒的模样有着天壤之别，只能说是承继了母亲家族遗传的本事。可惜了母亲，一双被男人羡慕过的手已经丧失力量，垂耷在木藤椅扶手旁，他看到她眼睛里的光亮，如同暗下来的黄昏失去白日的葳蕤光泽。母亲死去多少年，他还忘不了那双大眼睛和屋子里的中药气味。

承担家务的是姐姐，一日三顿饭之外，要喂四头猪，猪菜要剁得细碎，要在大锅里熬成糊糊。姐姐从不喊累，她短暂的休息就是站在大门口看一看进村路，空空荡荡，驮邮包的绿色自行车连影子也不见，或者是坐在一面小圆镜前。他从没看到有寄给姐姐的信，那些信先要停留在村委会，父亲是不允许带它们回家的。他不愿待在家中，父亲前脚出门，他后脚就溜了。他也并不明确自己想要去干什么，为了躲避姐姐的支使，他宁可窝在头上风嗖嗖吹过的芦苇荡中。其实那里面茂密如林，散发着大地潮湿黏滞的气息，一点儿也不冷。

姐姐没事的时候给他讲故事，无头鬼、吊颈鬼、僵尸、专拐小孩的货郎，夜晚还会有挖心的红发巫婆趁他熟睡后抓走他。他从此对故事怀有敌意。他也并不是害怕故事，故事帮他长出了想象的翅膀，好像从一个黑匣子里放飞出更多怪异的东西，他与它们一起飞远了，遁入夜空。

他的夜晚和睡眠被那些怪异东西带来的恐惧所占领。汗流浃背和无力的身体让他渴望成为人们眼中的“飞天蜈蚣”，横冲直撞，无可阻挡。他空有一双有力量的手，只在愤怒时才能使上力气，而他生性喜欢独处，注定成不了想成为的那种人。

他说不出到底在恐惧什么，这是件让人耻笑的事。父亲骂他蔫瓜子，姐姐笑他胆小，只有母亲泪汪汪地鼓励他不要怕。在他眼前，一个影子晃动，天黑就来了，是那个淹死在湖里的伙伴一直没从心里赶走。他们一起追逐、打闹，偷窃田里熟了的瓜果、秋天墙头晾晒的板栗，那是做坏事时心照不宣又能互相理解孤独的朋友。伙伴死在一个炎炎烈日的黄昏，湖里涨水，金光万道，他跟着船下湖，在六门闸的洄水湾失足落水。附近的几家船赶过来，几个水性好的渔民身上绑着绳子下水打捞，水太深了，还有几个水下暗流，打捞者一无所获，说孩子必定是被旋涡卷走了。这么大的水，有经验的渔民也不知道尸体会冲流到哪里。次日，人们在洄水湾落水附近一片水流平缓的草丛里发现了孩子，是旋涡把他藏起来又送回来了。时隔一天，伙伴的身体泡得发白肿胀，几乎看不到眼睛，一张变形的脸，眉眼周边的肉鼓出来，像镇上屠户案板上最后一块卖不出手的尾子肉。

他在夜里看见伙伴，月光将影子映在窗玻璃上，那张熟悉的脸时隐时现。伙伴活得好好的，但他知道这是一个虚妄的幻觉。他是个“踩地生”的孩子，先把一只脚伸向世间，另一只脚还舍不得离开母腹，村里的赤脚医生幸好早些年是个接生婆，费尽气力把这对母子的撕扯分开。“你差点要了你娘的命。”父亲动怒时就骂他。但母亲从没数落过这件往事，在外人面前说的是，他不活着出世，她的活着也没意义。

母亲叮嘱他夜里听到呼叫的声音不要回头，不要去黑暗的角落，走路昂首挺胸，将头发从前额往后梳三下。这些乡下习俗并没有帮他解决一个少年的夜晚恐惧。有一段日子，母亲磨着父亲要给他收魂。父亲气恼地甩下一句，“能喊不会丢，丢了喊不回，要弄你们弄”。乡村的喊魂都是母亲背着孩子完成的，她把这个任务交给了姐姐。姐姐试图背了背迷迷糊糊还在睡梦中的他，上不了身。母亲想了个办法，把他床上的被子折叠好，被子代替他趴伏在姐姐身上从村里走过。姐姐背着“他”，走几步，喊一声：“回来哦！”又答一声：“回来啦！”这些呼叫的声音颤颤巍巍，害怕从嘴里滑落出来，拼命抓着姐姐的牙齿和嘴唇。母亲坐在身旁照拂着他，拍打着他的额头，回来啰！回来啦！这声音也是细弱的，却是母亲斩钉截铁的呼喊。

前年冬天，遇到下雨，不能下湖，我们滞留在红旗村，在崔百货家过夜。雨点纷飞，改变了我们的行程。我拿出长筒望远镜，搜寻田垄上的鸟影。大寒之后，冷风一阵阵席卷红旗村。村里的人住得有些距离，下过一两场雨，村里的路更加泥泞荒芜，草地潮湿，水洼里覆盖着一层薄冰，坑洼看上去就像一个受伤者身上的伤口。

他有一搭没一搭地回我们的话。天最冷的那些日子，人们都害怕外出，他原本就胖，里外三层衣服都穿在身上，裹着蓑草编织的雨肩走出家门。他摇摆着走了几步，脑袋四处探看，笨得如同一头熊。他问我们外面来的人是不是觉得红旗村很远，远得像一个模糊的不存在的地方。村子在一块狭长的岬角处，因为靠湖，才更显得遥远。湖水绕着村子，像是给这里建了一道长长的围墙。怕是从没人听说过水墙，他说很早之前红旗村就是一大片湖泊，水曾淹没过整个村子，最终又被人抢回去了。人想抢的东西，谁阻挡得了？他问我是不是这个理，我笑着说这是没理由的现实。

村里遍布水塘水洼，翻堤就是湖，他打小不愿意上船，也没学会游泳，这与别的玩伴不一样。孩子们喜欢玩水，丢到屋后的水塘，挣扎几下，打起一片飞起来的水花，没过几天，就学会了凫水，有的狗刨式，有的四肢划蹬蛙泳。在那些以水为生的大人眼中，他从小就不被待见。不敢下水的人守在湖边上，不是少了乐趣，而是无用的标志。不会游泳的他，到成年后还常被人笑话。他也不去反驳，就坐在自家小超市门口，看着屋前那些经过的人。有时是大清早，要下湖的人走过时套靴哐哐啷啷，手臂在长及胸部的雨裤摩擦，发出扑哧的声音。

他会打招呼，下湖啊？

对方接过他递上的烟，很诡异地笑，一起去不？

他连忙摇头摆手，身体后退，似乎害怕对方一把将他拽去。

坐落湖畔的红旗村，因为雾多雾大，也被人称作雾村。晨雾已经散开，太阳照亮田野和水流，远处的天穹下，水上洒下金色碎片，碎片拼贴到一起，变成一道道浪波，像是要一点点吞噬被零散的房屋看守的田野。

他记得很久以前的一天，也就是在雾气缭绕的时刻离开红旗村。崔支书通过镇长的关系，帮他在县造纸厂谋了一份工作。这在村里人眼中是去吃公家饭了。造纸厂的林业队来过这里，种树砍树，都是那种欧美速生杨，只一年工夫，个子就噌噌地长起来了。其实在他出生的七十年代初期，这种树就被当作护堤防浪林和抑螺防病林引进栽种到了湖区的田野之上，后来粮食价格下跌的年头，周边有造纸厂大力鼓吹“林纸一体化”，县里乡上重点抓的是农民增加收入，政府和企业像是一拍即合，都把生长快、用途广、投资回收期短的黑杨当成了首选进行力推。从小朝夕相处的乡土树种鸡婆柳、枫杨、构树、鸡桑通通都因成林时间长而被抛弃。黑杨疯长，每天睁开眼睛，似乎它们又往上蹿高了一些。长那么快，他不知道是该欣喜还是绝望。那时他还蒙在鼓里，不知道树种下去，就像安装了一台抽水机，湿地旱化坼裂，水鸟远离。一片片的黑杨林拔地而起。他进到造纸厂，常听领导怀着嫉妒的语气在会上说起环湖邻县汉寿被评上了“中国黑杨之乡”，也看到湖上几艘满载黑杨的大货轮，不知要将堆成山高的黑杨伐木运去哪里。

他在造纸厂并没干多久，村里人看到他又回来了。他坐在家门口，崔支书在屋里大发雷霆，掼倒了桌椅。他看到母亲直直地坐起来，眼角两行热泪涌出，流进脸上皱巴巴的皮肤缝里。

丢掉造纸厂的工作，他从没有后悔过。他只对人说过一次，分配在水处理车间的他，每天要忍受酸臭的废水气味。最让他惊讶的是，这些水直接就排到了县城的护城河里。强酸强碱的废水经流之地，浮着泡沫、垃圾，青草枯死，淤泥焦黑，一片狼藉。一个老工人师傅摇着头叹气道：“不出几年，这片草地就废了，这条河就废了。”他们十几个水处理车间的工人，每天看着这些废水欢畅地流走，有点费力的就是隔几天要把围墙外的出水口所淤积的黑泥往外再扒一扒。看到出水口扒成了一个冲积平原，他去跟车间主任说：“水这样流下去，湖里河里的鱼会死光，也会寸草不生，厂里要真正想办法进行废水处理。”车间主任斜了一眼这个初来乍到的乡下小伙子，留给他一道选择题——乖乖老实地上班，要不卷铺盖滚蛋。

他当不了那个哑巴，虽然身边那些人喷着烟雾，嘻嘻哈哈，经过成品库时会顺几本蓝格纹账本纸回家给孩子作练习纸，却从不去想废污水往哪里流，流到哪里去，会不会改变他们的生活。他是做不到的，车间主任的告诫和傲慢，反而激怒了他。但激怒了也没用，他夜里偷偷用几块麻布袋装的大石头将出水管堵住，废水淹没了车间，生产车间又因水无法循环排放而停止运转。那正是厂里加班加点抢进度创效益的节点，厂领导都震怒了。他能想到大半夜水漫“金山”之后的手忙脚乱和纷争吵闹。躺在宿舍床上的他，听到同事在楼道焦虑地叫着他的名字，却睡得格外香甜。那些过去对夜晚的恐惧，居然奇迹般地消失了。

那是一段灰头愣脑的日子，父亲把崔支书的权力淋漓尽致地用在他身上，高高在上的责难和辱骂，村民遇见后的打趣和讪讽，有如纸厂翻滚的污水喷发出恶心窒息的气味，要把他推倒、绊倒，要将他淹没、生吞。他的回来，最开心的是母亲，擦掉眼泪后的母亲，冲他露出傻痴痴的笑，眼睛里仿佛在赞美他的决定。他坐在母亲身旁，诉说着进城后的见闻和造纸厂的破坏。他并不是要把心中的懊恼、愤怒和不快施加到母亲身上，而是诉说本身就是一张滤网，可以过滤掉那些他所经历的晦暗物质。

母亲的脸看得见衰老爬上的痕迹。额头、眼角和嘴唇上的皱褶，像摞在一起的渔网。她一会儿点头，一会儿落泪，手保持着一个固定的姿势，四指握拳，大拇指挺着。风吹乱她的头发，他突然立起身，看到一道道银光在眼前闪过。他紧紧地攥住母亲越来越瘦细的手，在手心里摁倒母亲竖起的大拇指，握成一只完整的拳头。

姐姐照例是忙着家务，不去追问他县城的任何事。父亲说，镇里新来的民政专干托人捎了话，想要和姐姐处对象。她不愿和一个未曾见面的人相亲，但父亲的话里有话，能找个镇干部，是前辈子修来的福。他和母亲都是不舍得姐姐离开的人。这个家，少了他一点问题也没有，但姐姐要走了，他一想这件事就头疼。他不知道父亲有没有过考虑，也无法将不安传递给这位早出晚归的父亲，最后，是红旗村早晚的霞光消弭了他的忧伤。

清早喷薄而升的旭日，黄昏色彩浓酽的夕阳，两度将整个村子照亮，田畴阔野，湖泊池塘，高黑杨矮灌丛，在那旋转的光线里，消失了形状，融为一体，外界的声音也一起消失了。他入迷地看着远方，又看看院子东房西墙的亮堂，母亲安然若素地坐在藤椅里，阳光腾挪，拍打着她的脸和身体，衣服上的微尘上下飞舞。在他眼中，她变成了一尊镶金人，金发金眉金眼，悄然滑落的眼泪也变成了金色的谷粒。

河北唐山的女人是怎么找到他家里来的，他始终觉得像是午后做的一个梦。但她的回答是，只要真心想找一个人，怎么会找不着呢？他心想，红旗村有多大，全县城有多大，碰到这样一个有韧劲的女人，真还没有找不到的人。她是在傍晚时分来到红旗村的，走到他家门口兀自站立，喘气镇定，他先看到的是她身上沾着一圈毛茸茸的金光。光芒移动着走进院子，他才看清她的相貌。圆脸上睁开着一双会笑的眼睛，个子不高，腰身板挺得笔直。这张脸有些眼熟，但他想不起来了。她向他叙说着来历，十岁成了孤儿，投奔姑妈来此，也算半个本地人。到纸厂食堂做临时工，有一天打菜时，一个工友对她舀菜的份量不满意，嘟囔了几句上了火，差点掀掉了菜盆。周边无人劝阻，只有他上前扳住了工友的肩头，一双像铁钳般的手和动弹不得的力量，两人僵持了几十秒钟。时间变得格外漫长，工友泄气了，端起打好的菜盆想转身离去，他的手依然没有松开，工友迟疑着朝抽泣的她道歉后才被允许离开。她想当面致谢，这也是她登门造访的原因，可他们一直没再碰面，后来听说他做了件堵住污水口的糗事被厂里开除了。她找了几个工友才打听到他是哪里人，跑了一百多里路才问到了红旗村。他低头看见，她的那双胶布鞋的鞋面是刚擦过的，像草尖上带着清晨的雾气。

唐山女人絮絮叨叨，打卷的声音那么动听，母亲就在不远处打量着她。一个脸胖臀大个头不高的北方女人，说话时嘴里呼出的气，在夕阳下也有了一朵云霞的形状。

他看着身边的两个金人，似乎是一个人的重叠与幻影。

唐山女人来红旗村的第一次，就被母亲以天黑为由挽留下来了。他没有说一句话，心里有个声音，母亲帮他说出来了。树扎了根才长得大，母亲有她的盘算，叫他把自己的床腾挪出来让给了远方来客。他在杂物间铺了床褥子草草躺下，几乎彻夜未眠，听着外面的寂静和清脆的响声，还有隔壁床上她酣睡时的呼吸。这是个没长心眼且对这个世界充满信任的女人，他心底突然有了一种异样的感觉，像春天雨后有一只蜗牛缓慢地爬过。他对悬浮的夜晚有了亲切感，两个女人眼中模糊的欢喜，像是刮起一阵疾风，把恐惧撕扯着吹远，失眠的生活有了着落。

把一个小杂货铺改成家庭超市并开在出村的路口，主意是

《洞庭湖志》舆图

同唐山女人定的。这时的她已经嫁给了他四年。崔支书出面帮他换了一块宅基地，地是她去选的。她在红旗村有着好人缘，很快认识了常住在村里的人，认识了那些村里的过客，鹭鸶、凤头麦鸡、天鹅、白鹭和黑水鸡，也认识了青草鲢鳙之外的洞庭金枪针嘴鱼、凤尾飞刀毛花鱼。一个家，因为她的到来，变得热闹起来。姐姐嫁到了镇上，他娶了唐山女人，崔支书家一年里办成了两件喜事。他觉得她是上天派来取代姐姐的，家务活她承揽下来，凭着在纸厂食堂的经验，还有她跑去邻居家的请教，她学会腌制腊肉，也学会了活水煮鱼。他原来期待改变却不抱希冀，以为一成不变的都在悄然中改变。

父亲挂在嘴边的一句话，他不只是属于这一个家庭，而是整个红旗村的。在村民嘴里，他是雷公命，嗓门儿大，脾气火大，却最后灰头土脸地败给了一场被人策划的官司。村民对黑杨危害湿地的认知加深，又不满纸厂的租金太少，在崔山的秘密组织下，两天时间砍倒了几十亩即将长成的黑杨树。他也是一个参与者，希望全部砍光那片密密麻麻的黑杨林。他不是要打倒他的父亲，而是造纸厂的那段工作经历让他对黑杨有着天生的抵触。有一次，外地来的几个背包客，指指点点的议论被他记在心里——黑杨严重破坏湖泊湿地生态系统，威胁到鱼类、水生动物和鸟类的生存环境，成林后湿地植被衰退乃至大面积死亡，湖泊湿地的生物多样性下降。他模糊地理解着“生物多样性”，站到了父亲的对立面。

砍树事件发生后，纸厂来人，只管按照当初与村委会的合同行事，双方发生纠纷，僵持不下。纸厂报案，又上诉到法院。崔山是父亲提拔任用的村秘书，幕后指使、纷争矛头和责任追究都指向了父亲。县里、镇上的干部轮番把父亲叫去训话，父亲回到村里又被村民反对，纸厂拿着合同要求村集体赔偿上百万的经济损失。父亲成了一块夹心饼，也成了一个活靶子，还站到了法院的被告席上。一个被抬高的人也容易被摔折。这场红旗村的砍树风波，引发了村组织政权的更迭。父亲一直想挽回滑到山崖边缘的权力归属，却被收买领头闹事者人心的崔山出面收拾好了这个“烂摊子”。没过多久，风向标一百八十度转向，上头要求对非生态林的黑杨轮伐清理，崔山又顺风顺水地成了先锋模范。当他意识到这是场蓄谋已久的阴谋时为时已晚，没有人再看着他走完最后的道路。天没塌，大地亮堂，失去权力的崔支书常常迷失在村里的路口，他步履蹒跚，仿佛每走一步都是在掉进陷阱的路上。

“一个胖子害怕夜晚是可以原谅的。”他经常这样自嘲，在每一个人面前。他又自言自语，终有一日，胖子也会变得胆大包天。

母亲去世后，他跟唐山妻子说了一声，要回老房子住几日。他没想到拖着病体的母亲会比体格强健的崔支书还活得久。人们议论他父亲的身体是自己整垮的，因砍树风波被免职的崔支书日渐消瘦，烟一根接一根抽得咳嗽个不停，后来查出肺癌半年不到就走了。他没多说一句话，一个人活得身体的气薄了，淡了，散了，就离人世间越来越远了。

是挂着下弦月的一个晚上，他像童年时那样躺在母亲的床上，拉上被子，盖住头，在黑暗中，他的呼吸顿时变得急促，心跳慌乱。他掀开被子，大口大口吸气，像是从几乎窒息中获得自由。他又一次无法入睡，伸手到床沿上，从叠好的一摞衣服中摸开一件，那是母亲的一件尼龙新外套，病逝前从没穿过。外面下雨了，潮湿隔着墙和空气爬到他的身旁躺下。他抱着衣服，闻得到母亲的气息，他突然抽泣起来，眼泪让他放空，摇身变成空气就能托起的一张白纸，远处的湖上荡起一阵风，他就准备着随风飞起。天蒙蒙亮的时候，他从睡眠状态醒来，风和雨都停了，远处哪家的亢奋鸡叫与田沟的倦怠蛙鸣向他作了通告。

家庭超市的生意不冷不热，但也被唐山女人经营得有滋有味。日常生活最乐意消解有想法的人生。他原谅着自己的碌碌无为，也没做出一个胖子无所畏惧令人钦佩的事。他又去过县城，路过造纸厂，看到的是杂草凄冷，人去楼空，工厂最终是因环保整治而关闭，护城河有几年臭名远扬，县里被迫投入很高的代价去修复一条污染的河流。湖洲上的黑杨不见了踪影，上面的清零禁令严苛，动真格而卓见成效，野草艰难地反攻那片土地，两三年后才有了草地丰茂的感觉。

没事的时候，他常蹲在一块可容纳双脚大小的青石上，盯着从家门前草丛或那棵露出地面半米高的黑杨树干上爬过的蜗牛。每年春天，他都会重复砍一次从杨树根部生发折生的新枝，那时的心情是愉悦的。蜗牛壳上的花纹，深灰里藏着白，螺旋状的纹路似乎无穷无尽。他突然笑起来，世界是不是也是在这样的壳上，被一只巨大的蜗牛驮着，在圆形的时间通道里缓缓爬行。他就这样边想边笑。唐山女人见他露出久违的笑，朝通往红旗村的空荡荡的大路上看了看，也跟着笑了起来。

云彩化为乌有

水，卷着浪，拍打着船舷。那是条老船了，真担心那些咬铆在一起的舷板突然就散架漂离。我挥了几下手，看到他整个人摇摇晃晃，像随时要沉入水中。他是个老渔民，自然是大浪见多了，但到底上了年纪，驾了一辈子的船，也有站不稳的一天。我后来想，那是我的错觉，他的双脚牢牢地站在船舱里，像长在了一起。是湖水摇晃着船，船摇晃着他的身体。

水卷着浪，可我并没有看到风。我错了，忘记风是看不见的，但我的肌肤、头发、衣服也没感觉到风的到来。无风不起浪。这句话在水上流传多少年，没有不应验的时刻。不会的，是风还在云朵之上、水中央、船的周围、他的身旁，也在抵达我的途中。突然间，我一闭眼，风就来了。

我睁开眼，看见他的眼泪挤在眼角。他擦了一把，赶紧摆着手说是浪溅了一脸的水，又改口说老眼昏花，迎风流泪。那段时间，他没事就坐在湖边的大麻石上，周边的杂草一人多高。他把背影丢给路过的人，没人知道在遥远的湖面，他看到的是未来还是过去。

他缓慢地说起他的“看见”。那天的云挤压得特别低，仿佛伸手可触，没过多久下起了倾盆大雨。天幕下只听见雨的喧声。有片刻的恍惚，雨像是从他身体里涌出来的，他的身体就是头顶的这片天空，那些悲呀苦呀疼呀难呀，都一股脑地出来了。他感觉到身体变得轻飘、空洞、柔软。天色渐明，他看到儿子昆山向雨中走去，身形越变越小，最后变成一颗光斑，而妻子从光斑里走出来，腹部慢慢变大。他惊怔了一下，时光倒流，在这雨中，他又把过往的生活过了一遍。他穿着一件宽松的藏青色雨衣，把身体罩得严实，即使这个世界的雨水再大，他也不会被溅湿。但他突然发现，脸上湿漉漉的，他惊慌失措，不知道脸上淌下的是天上的雨水、雨中的湖水，还是孤独的泪水。

我第一次找到他，是被安排采访他的救人事迹。我大致从他人的叙述中复原了那一场惊险的雨中救援。他从狂风恶浪中救起了十七条人命，儿子却殒了命。那是六月的一天中午，刚过端午，暖湿气流的高空槽和中低层切变，暴风骤雨是常事。湖面呼啸一团，风像一把大铁锹，把湖水像流沙一般铲起扬向空中。水浪扑面而来，打在脸上和身上，像一颗颗石粒般生疼，要砸出一个个洞。他看到天气骤变，凭经验判断，怕是遇到了渔民也头疼的“龙舟水”。他招呼儿子丢掉渔网，抓紧回到趸船避风。风发出尖厉的嘶鸣，吹得他耳膜鼓胀，几乎要爆裂。他摆了一下舵向，打算绕过这个情断意绝的风口。但风伸出那只坚定拒绝的手，把他们挡在世界的门外。他拼着老力抓紧加剧抖动的舵，这是一场和大风之间的力的抗衡。当感觉到船会被掀翻的时候，他就松了把劲，船迅速偏移，在湖上跑出老远。风吹得眼睛都睁不开了，四周是一样的风与浪，他知道离趸船停靠的地方越来越远了。

风把满天的云卷过来了，大雨将至。从早上出门起，儿子昆山没有与他说过一句话，是憋屈、赌气、较劲，父子间的战争上演过多少回，但这次升到最高级。云水之间，风劈浪涌，罅隙丛生，他觉得自己是最孤独的人。

他已辨不清趸船的方位。风吹哪里就去哪里吧，他泄了心劲，又用力收攒回来，像收一张永远拖不上岸的网。隐约听到风中的声音，儿子昆山看到了，站起来，吼叫了一声，向不远处指了指。这个整天闷闷不乐的渔家子弟，跨步走到他的身旁，扳过机舵。湖面闪动着一片橙色的影子，发出此起彼伏的呼救声。有人落水了，糟糕透了。此般天气遇到这样的事。昆山半蹲着，手紧紧抓住船舷，船开足马力，迎着浪冲过去，在暴风中劈开一条道路。那艘旅游快艇因为速度过快，在大风中来了个侧翻，游客全部落水。靠近快艇，他把昆山唤到船尾把住舵，自己跪在船头去抓救落水者。那些求救的手在水中浮沉，他抓住一只手，又用力襻住腰身往船上拖，昆山一会儿来扳大腿，一会儿去掌舵稳住摇晃的船。折腾了近一个小时，父子俩救起了十七个落水者。他筋疲力尽，汗透一身，昆山把他换下来。救最后一位落水者的时候，一个大浪打过来，船上人多，船身倾斜，昆山一脚踩偏掉进了水中，眨眼就不见了。他叫喊着昆山的名字，旋风大浪把他的声音搅成碎片。他和那些落水者所期待的身影，迟迟没有浮出来。救援船接走了落水游客，留下他继续寻找儿子。儿子水性不差，他心怀侥幸，侥幸最终变成了绝望。这时，暴雨终于降临了。他在雨中呼喊着，雨声消弭了他的呼喊。雨雾像迷障般遮蔽了他的眼睛，突然什么都看不见了。那一刻，他熟悉的水上世界坍塌了。

我陪着他坐了很久，看着夕阳落下，看着火红的圆球悄无声息地潜入水中，都想放弃采访了。我不忍心再让他经历一次失子之痛。这一片的老渔民越来越少，他所居住的捕捞社区有一百四十多户，上岸定居后，六十岁以上的就不再出湖了。但他是个例外。在外打工的儿子回来闲在家中，喜欢上了玩赌博游戏机，是他逼着儿子上船的。多少个孤独的白天与夜梦中醒来，昆山之死，像荆条捆缚全身，在那些命定的时刻抽打着他。泪水嗞啦从眼眶脱落，滚过脸庞，睁开眼，他就看见昆山向他走过来了。

他约我在租住居民区的一家私立幼儿园门口相见。他打着手机向我急匆匆走来，从步履神态看不出是一位年过七旬的老人。时间的白色光斑，潜伏在他的两鬓和胡子之间。一九四五年，他出生在李白诗中“千里江陵一日还”的湖北江陵，楚国的国都，一个叫“郢”的地方，在从春秋战国到五代十国五百多年的时间里，有三十四代帝王建都于此。被炫耀的这片故土，留在他记忆深处的却是贫瘠、穷困与饥饿。

他有一子一女，都不是在老家生的。老家农村太穷，从少年记事时起，灾荒人祸，田瘦土薄，连年歉收，饥饿每时每刻就在身后追赶着他，就像是在挨着一个个至暗时刻。他决定出逃，驾着一条船，顺着长江的水流，过起了水上生活。还有一个纠结在内心的矛盾，是妻子婚后几年未见怀孕，却检查出患有神经官能症。他从没听说过这个病名，躺在身边的妻子，入睡困难，胸闷心悸，多梦易醒，食欲不振，月经紊乱。看似极其日常的生活碎片，在她身体里长成一种难以治愈的疾病。闲言碎语，落在村里硬邦邦的土地上，反弹到他心里就沾满了尘灰的毛刺。家门口的荆江，只是长江中的一段，小时候他就听老一辈在外闯荡过的人说，千山万水通过这里就连在了一起。

沿着安乡、南县、华容，还有很多诗意名字的村庄，那些年走走停停，每到一地，住的时间或长或短，有的地方水域少，驾船打鱼出门一趟，几乎拼尽全身力气，那是不敢回想的艰难。一九七五年九月，全国对流浪在外的没有户籍的人员进行过一次清查，他被遣送回原籍，但一年后他又离家了。树挪死，人挪活，这句老话让他甘愿吞咽下遭遇的所有穷困。他信，穷困与阻难总有远远抛在身后的那一天。

顺着那些沟河湖汊，他头也不回地走下去。他在想，水送到哪里，就在哪里安家。有一天过洞庭，遇大暴雨，电闪雷鸣，浪涛怒吼，船上一切能活动的东西都发出噼里啪啦的响声。水面闪耀着一条条鱼脊般的银光。夜太黑，他担心船下沉，当时船上还有岳父母，于是靠了岸，等雨歇天明，风平浪静。这个夜晚带来了意外惊喜，妻子发现自己怀孕了。那个年代，三十二岁的妻子已经是高龄孕妇了。他掰着手指，算出孩子是三月末在调弦口水域的另一个风雨之夜怀上的。他朝着东方磕头跪谢的时候，天尽头的云层发出透明的光亮，像一座刚刚点燃的云彩。他看到过湖上太多的云彩，却只记得这个夜间，重重黑幕中稍纵即逝的绚烂。

水把他送到了洞庭湖畔的一个捕捞村安家落户。捕捞村后来改名春风村，安置和居住的都是南来北往的渔民。那时集体作业，每次归来要把捕到的鲢鳙青鳊分好等级上交集体，他从不藏匿一条多余的鱼。吃过遣返的亏，他口袋里随身带着一纸证明，老实厚道人缘好，帮他融入并拿到了一个当地户籍。由鄂入湘，漂泊经年，他觉得自己是幸运的，还有那么多在水上漂着的人，几代下来，都忘记了自己从哪里来，到哪里去。有水的地方就有船，有船的地方就是家。儿子昆山是与包产到户的政策一起降生的，他认为一切都是最好的安排，好日子才刚开始。

他是出了名的吃苦、霸蛮、节省，前些年离开春风湖进了城，挣下了渔民新村的一套集资房，南北通透，一百一十平方米，站在窗边就能看到隔着马路的湖。熟悉的水的气息每天清早把他从梦中唤醒。他又想起那些追逐云霞的日子，晨曦，午后，黄昏，白色的，七彩的，烈焰似的，粉色雾霭，沉凝墨色……他看着它们的聚散，却有一种“常恐归时，眼中物是，日边人远”的神伤。

有一天他一声不吭地把房子卖了，搬进了社区邻湖的一排旧平房，五十多平方米，简陋阴暗。最关键的是借房子时，社区主任就讲明了，何时喊拆迁就要搬走。他签了承诺书，却盼着别拆不拆慢点拆。儿子昆山不争气，辞工回来过完春节，没找到中意的工作，没事就到路边小店玩赌博游戏机，开始偷偷小玩，后来透支了信用卡，不知不觉刷了两万多，还不上钱，上了黑名单，银行告到法院催缴。传票到了他手上，逼问之后才知道是玩赌博机惹的祸，他气得肺都要炸了。

他把兄妹俩寄读在岸上一个老师家，送钱送吃的就过来看一眼。孩子从小就跟他不亲近，看到他来了就躲开了，像是看着别人家的爸爸。儿子昆山成绩差，不是读书的料，挨到小学毕业就不肯继续上学了。打过骂过之后，他妥协迁就了，就带着出湖打鱼。他让昆山干累活脏活，心存他能知难而退的希望。沉默的昆山咬牙坚持下来，毕竟水上太辛苦，他又心软了，琢磨着送去学点手艺。厨师、修理、剪发，名堂换了好几个，不成器，后来外出打工，电子厂服装厂食品厂来去跳槽，也是不成功的命途。找了个打工认识的湛江女孩结婚成家，拖了几年生了孩子，丢在家里又外出打工了。女儿也不省心，好歹读了个自费的本地中专，毕业后去了东莞工厂，适应不了那边的流水线生活，又踅回来，超市收银宾馆服务员足浴按摩师，换过几份工作，婚姻一拖再拖，高不成低不就，最后找了个大十岁的外地男子结婚，也是没工作。

分不了家，都还住在一起。每天吵吵哄哄的，烦心但也还是完整的一家人。过了六十岁，他也出湖很少了，找了份看门的工作，坐在岗亭里盯着电子屏幕。他戴起了老花镜，手头边还放着一本《对联知识》的薄册子，是去街道的老年诗社听课发的，自己也学习写了两句：电子眼安营老巷，小屏幕辨真识伪。他请书法班的老哥们写了，贴在岗亭外，物业主任夸赞他这安民告示写得好。原以为老年生活就是此般度过，没料到接二连三来了事，昆山的信用卡事件和外面的几个债主来家里进进出出，要面子的他唯唯诺诺，除了道歉就是咒骂不争气的儿子，恨不得自己钻个缝躲起来。他痛下狠手，把房子卖了，当时房价不高，十来万块钱，还掉家里欠的一点债务，儿女各分一半，从此再不相欠，各自安身立命。儿子的事刚解决好，这口胸中的怨气还没吐完，女儿女婿又闹腾起来。女婿在老家的妻儿找上门来，原来是一个没离婚的主儿，男人懦弱，灰溜溜地跟着走了，丢下一个笑话给街坊邻居。女儿羞恼之下，又踏上了南下工厂之旅。

他带着妻子开始了租房生活。那些日子他每天喝酒，喝完酒就去干活。租的房子后面是一片沙洲，他挑来泥土，春上时节，种了几分菜地，春天过去，菜地全长绿了。干活的间隔，他抬头就看到了湖，看到湖上来来去去千万条的水路，辨不清哪一条才是自己走过的。要是再年轻些，他怕是要选一条水路再次出走。水上没有那么多糟心事缠绕，风吹雨打过后，天空像水一样干净透亮，心情也干净透亮。

有一段日子，他突然发热、腹泻、乏力，偶有带血丝的痰，那种不好的感觉，让他联想到了湖区很多渔民都会患的一种叫血吸虫的慢性寄生虫病。他见过那些晚期病人，消瘦得像张薄纸，挺着肝腹水的大肚子，在脚步里晃动，随时像要绽裂的样子，还有的人呕血、黑便，转移成肝性脑病，浑噩不知。政府有很多次的宣传，防治、灭螺、封洲禁牧、改水改厕、建沼气池，从传染源头来消灭这种微细的虫病。运气真差，他想自己一定是过去接触过有虫卵的污水，细虫尾蚴通过毛孔钻进了体内，鬼才知道它潜伏了多久了。幸好治疗的手段不少，他找了一家免费诊治的县级定点医院，服药，杀虫，护肝。他总记不住那个叫吡喹酮的药名，却随身带着这种小药片，帮他度过了担惊受怕的几年时光。

“庆声，我的孙子还没长大，我还不能离开。”这是他最朴实的一个念想。

“儿子死的时候眼泪都流光，流到湖里了。”他像是讲述别人的故事，那张酱油色的脸，深深的皱纹互相折叠，表情动起来，就成了咧嘴微笑的一根根唇线。

那段懊悔的日子，他试图理解儿子的苦闷，孙子庆声的病，找不到满意的工作，没有经济来源，管不住贪玩的心性，夫妻间的龃龉，都可能是压在昆山心上的石头。父子之间这些年没有过一次掏心肺的交流，经常是冷战，如同陌路人，这也许才是压死骆驼的那根稻草吧。他又想起了庆声生病的事，昆山带着媳妇去了深圳关外打工，庆声留在老人身边，最怕生病没照顾好。这世上有时怕什么偏来什么。愧疚的疤，虽早结了痂，但还没脱落，用力去掰碰，又会钻心地疼。

庆声上幼儿园大班那年，有天放假，庆声嚷着去划船去捉鱼。渔民的后代，不管以后要不要离开船，但总归要认识水，认识水里的鱼和水上的风景。妻子没拦住他们，庆声上了船，欢心得很，裹着头巾，像个海盗船长指挥他全速前进。万里无云的天空，突然就像开始演出的舞台，帷幕拉开，云彩从远处款款走来。庆声大呼小叫，指给他看天边奔跑的马、追逐的狗和肥胖拥挤的人们。归家后，吹了风的庆声晚上发烧了。妻子换了几个土法子，温水擦过脖颈腋窝腹股沟，白酒又擦了一遍，喝了糖盐蜂蜜水。烧不退，他急了，赶紧把孩子送到市医院，急诊医生认定是手足口病，打了针后有所好转，带回了家。本以为没事了，结果晚上孩子又发烧，他急忙把孩子再次送到医院，换了一个医生，让去儿科继续打针留观。留观室人满为患，孩子生病，那些年轻父母只懂得往医院送，医生排队叫号，冷默地打发着一拨接一拨的病人。庆声躺在留观室床上，输液防脱水，也不知注射了其它什么药，孩子瑟瑟发抖，都尿到了裤子里了也没知觉。他一个在湖上漂的人，不懂检验结果上的那些箭头和数值，但孩子昏昏迷迷的样子，尿裤子竟然连吭哧一声也不会了，他觉得问题严重了。他去找医生，医生忙，他就变成了低声哀求。也许是看他是个老人了，医生过来了，皱着眉头看完孩子。他从医生眼睛里读到了不祥的预感。又来了两个年纪大的医生，嘀嘀咕咕交流了一会儿，然后其中一位告诉我，病情有些异常，会马上派车送往省儿童医院。他脑子里刮起了风暴，天旋地转。他一个劲地问为什么。医生不说话。他想扑上去撕开他们的嘴。后来孩子上了救护车，还是昏迷不醒的状态。救护车闪着灯呜呜叫着在高速公路上疾驰时，他看着昏迷不醒的孩子，感觉整个世界都在旋转，肠子都快悔青了。湖上打鱼的时候，再黑的夜再大的浪，也有过恐慌，但都比不上这个晚上，像是走到路尽头，走到末日来临的那一刻。

庆声的命是保住了。“后来到省城，医生一检查就说恐怕是癫痫病，你说市里医院哪这么糊涂，误诊耽误了那么久。”他耿耿于怀，又怀着人在急难前的万般庆幸。到了医院，车门打开，见到医生他就跪下了。他的双腿战栗，湖里的风浪见过那么多，都活到两鬓斑白了，他从来没有这么害怕过，一下抓住医生的手就哀嚎起来。大庭广众之下，他感到人生如此的悲伤、恐惧和绝望。

后来的事情，不幸中的万幸，上天保佑。“祖宗菩萨坐得高。”他说，孩子因癫痫引起脑损伤，智力出了问题，读书是没指望了，平安活着成了他心中最大的祈愿。他害怕什么呢？他问过自己好多次，是怕在外打工的儿子媳妇的责骂，还是怕眼睁睁看着一个小生命的离去。医院仁道，辗转请市妇联帮着办了母子的低保，办了孩子的残疾证。那一年，低保是每月三十元。他没去找市里医院的碴，认了这个命，就像他只有在水上漂的命一样。满世界，这些年月，他最恨的是自己。

他说，人是要服老的。老之已至，连天上的云彩看上去都苍老了。

我分明看到他心中那条痛彻之径，覆盖着悲伤、苦楚、离别的云朵、风浪和细雨。我决定放弃对他英雄之举的采写，只想陪着他安静地坐一会儿，从湖水和变幻的云彩中看到些人间秘密。

他从早到晚坐在湖边，有时驾船去昆山落水的地方待一待。船顺着水漂，他静静地看着远处，依然是看过许多年的茫茫一片，是无限拉长的静止。湖水停止了涌动起伏，好像有这湖水，就能将他满身的苦楚卸载、溶解，好像有这湖水，通向的是起死回生的至亲身边。昆山不在了，没过多久，媳妇声称外出打工，把孩子丢下，再也没有回来。他早就该猜到这个结果，也好，他安慰自己也安慰妻子，有庆声留在身边，至少他们不是空巢老人。

有一次，下着雨，他看着湖面升起一朵云，像是风卷起的水，水变成了云。云跟着风在空中飘，夕阳西下，云影慢慢由大变小，如同一个人的衰老。雨落下并穿过它，像打湿了一件衣裳。他想起小时候听老人说过，看到水变的云，再大的苦难都会化为乌有，生活重新开始。一笑泯悲愁。

“要回家啦！”总还是会有那么一个时刻，让他回到现实之中，想起那个租借的随时要拆的房子和房子里的女人。那个叫凤珍的女人这两年的风湿关节炎加重，拖着一条病腿，但从没有过半句埋怨。“你陪庆声长大，我陪你老去。”他耳畔响起她说的话，就会又一次躲起来涕泗滂沱。她在等着他，庆声也在等着他，像湖水不会因为一次沉覆停止流动，像世间命运的差池总有一个归处，像生活中的至暗时刻终不会因为苦难、失去而阻滞黎明的降临。

水最深的地方

那个冬夜是睡在野外的。睡在湖心的一条座船上，也是睡在牛奶般黏稠的冷雾里。进入湖洲之上，时间就变得模糊。从早上出发到暮色降临，湖上一直在起雾，在一片茫茫中繁衍另一片茫茫。雾气弥漫，眼界愈加看不清晰天与地，边与际。白天经过的寥落的几条船，都隐匿了，那些万里迢迢飞来越冬的鸟，连同春风湖一起消失了。

晚饭在座船上吃的。一条到了冬天就被主人闲置的座船，陷在沼泽般的湿地中央。是他介绍的朋友的船，到时由我们象征性支付一点费用。他原只是帮我们引路开船，此时被请出来掌厨。一大锅湖水煮鱼，已经香气四溢。充当厨房的舱尾，被煤炉上翻滚的热气塞得满满的。热气是另一种雾。热气环绕着他矮墩墩的个子，在昏暗的灯光照射下，有一种错觉，仿佛热气是从他身上发出来的。一上手就看得出他是好厨艺的人。湖里待了些年头的人都会吃鱼，也会做鱼。这顿晚饭主菜其实也就是做一锅鱼，再配两三个热菜：芦笋火熘、莴苣清炒、腊味合蒸。食材都是从村里带过来的，酒倒是船主的，头道粮食酒，入口辣，喉咙像一瓢开水滚过。渔民多少都能喝，喜欢这种高度烈酒，御寒祛寒，消累卸乏。喝多了，脸和胸膛都红扑扑的，闷驴性格的人也多了几句没深没浅的话。

湖上跑了大半天，手脚冰冷，吃饱了，喝足了，身体立即暖和起来。他趁我们吃喝着，已在船中央架起了火。火是烧的一根树蔸，和几块旧椅子腿，不能烧太大，顶上是油毡布，两侧是掀起来的，通风透气，我们围坐下来，腿前是热的，背后是寒的。风吹得掀起来的油毡布发出打脸般的响声，还有船头的旗帜、一个微型的风力发电装置，都呼啦啦地旋转着，船舱的灯就跟着不稳定的电流，亮着，暗下去，又亮起来。

春风湖的老班子说，雾是人身上的气，过一天就刮薄一点。那么多住在湖区的人，是他们的气养出了这漫天飞雾。没有风，雾就不动，像是舞台上垂下来的一块大幕布。雾起之后，看不到路，到处都一个模样，湖区的村庄原本就长得极其相似。我吃过雾的亏，走过一个岔路口，也许要多走十来里路才发现错过了。但当地人心中，雾是挡不住路的。雾再多，路还是在那里。人在雾里走久了，会走出很多个雾人。镶着人形的雾，一步步走动，人走到哪里，把雾也带到哪里。

几只白鹭飞过村庄，翅翼之下，是几声门轴挤压发出的笨重声响。接着，偏屋灶膛里有火光闪动，有热气腾起，如同最坚固的铠甲护卫，再大的雾气也无法攻破这最后的堡垒。

转眼天黑，夜雾是灰褐色的，村里的灯火熄灭，人们昏昏欲睡，炉盆里的树蔸火忽明忽暗，烟气熏眼，泪水哗哗流下来，会帮人们想起伤心故事。一个人经历的甲乙丙丁春夏秋冬，总有不愿去想的，引发你的离愁痛楚。雾进了村就挂到树杈上，爬上屋顶，窝缩矮棚，它的颜色会渐渐褪去，褪成地上的落叶，屋顶的湿露，矮棚的湿草。人和雾，酣睡的时刻在天光泛白里结束。

他说，村里起早的人，打开门都会侧一侧身子，不让第一股最冷的雾气撞到身上。当然是有讲究的，人散出去的是热气，吸回的是冷气，湖边湿寒，寒气太盛，折短阳寿。我听他的，住村里的冬天，总要在门口怔怔地站一会儿，跃跃试探着踩出门槛外。我的腿清晰地感受到了湖风的野凉。我们都信他的话，毕竟他在春风湖待了那么长久的岁月，另一个原因，对无所畏惧的人类而言，对一件事抱有敬畏是有益的。

冬天水落，渔民叫落樵，湖水向长堤退去很远的距离。这是一段令步行者绝望的距离，看不到远方，只会感觉到每一次迈步都是重复上一步。这段宽幅的距离，分布着泥沼、浅滩、内湖、干洲和湿地，外面来的人都把这统称湖洲。湖洲是不平整的，起落坑洼，泥深草乱，只有沿着三轮车辙、人的脚印、牛蹄踩出来的小路往前走。经过一些水洼，有时会看到未被割去的芦苇。在雾中飘动，像是挥着一块巨大的纱巾。我指着远处的那些苇垛，一人多高的苇垛，像一个个堡垒般的苇垛，问它们是不是都要送去长江边上的造纸厂。他点头说是的，天种天收，湖要养活多少人，没人知道。我又问那片沟洼边的芦苇怎么还没收割。他说那不是芦，是荻。我问芦与荻之间有什么方法来区分。他说，荻比芦矮，芦比荻硬实，逢冬从贵州、湘西来的苇客过眼就知道它们谁是谁。他叽里呱啦的越说越快，像有人拿着鞭子在抽赶着。

芦有家野，细分之下，喊法不一。我来过湖洲多次，也不能准确地分辨它们。其实也不仅是我，有些来做研究的博士，也会扯着我来帮他确定芦与荻、苇与茅。世界之妙不仅是人的复杂，任何物种也都如此。叫大头芦的，茎秆根部粗壮，风摧不倒。叫观音芦的偏矮，剑形叶带锯齿边，叶梢包茎紧，打开的叶片像千手观音。最常见的是线芦，喜洼地湖畔，茎细且高，抗水性强。造纸人喜欢荻，他指着几棵红褐茎的苇状植物，说湖区人叫这红铁秆，还有一种当柴烧的荻茅就叫茅柴。

风吹散了眼前的雾，吹响了那片苇丛，半垂的穗子起伏摇摆，帕斯卡说过那句著名的话，人是一根会思想的芦苇。芦苇之说我并不能透彻地明白。风把苇丛吹得更响亮了。

他似乎猜到我正想的，说道：“保护站来过几个研究水生植物的博士，年轻小伙子，说人是芦苇，能思想的芦苇。你们说一说，很应景，我也听不懂有什么奥义，更是说不得，说了就是糟践了这句话。”

我连连摇头，表示不是这样的，“在湖上漂过的人，和芦苇成天摸爬滚打过的人，最有资格说”。

我们笑起来。他的脚步加快。我想，人都是自以为只有人才会痛苦和可悲，却从没想过世间万物，都承载着不同质地的痛苦和可悲。

第一次见到他，也是请他驾驶蒲滚船当向导。在齐膝深的淤泥地里，蒲滚船加足马力，拖着一条坐了六七个人的小木船去做越冬水鸟调查。硕大的铁轮滚动，扬起一片水花般的泥花，向前开出一条路。湖上没有路，有经验的渔民才知道真正的路，不会因为偏斜而驶进沼泽陷阱。有些粗枝大叶的不幸者，人和船都陷在泥涂中动弹不得，只能打通电话向还在湖上作业的渔民求救。那些隔近了才看得到的船，并不是每条船上都有人，有的上岸度冬，有的偶尔来收一收地王笼碰碰运气，有些是提前来安插渔笼为来年打点小埋伏。四周一片空旷，每条船都像是这里的湖心。

他当了四十多年的渔民，闭上眼睛都知道路。有人看着他的背影，满脸惆怅，然后贴到我身边俯到我耳旁，他是个有故事的人。什么故事？我立直身体，看到他嘴巴翕动着，回答的话却听不清一个字，蒲滚船发出突突的轰鸣，远处的鸟一群群地飞起落下。

火苗飘忽不定，跟着风左右摇摆。我们围坐在火堆旁，他跑过来添了两块煤，又跑进去收拾餐具。有人拿出手机播放京剧《战长沙》，一个敦厚中带些犀利的声音正念道：

只见他风摆胸前的白髯动，苍眉直立瞪双睛，面如古月精神满，虽然年迈甚英雄，凤翅盔朱缨罩，麒麟甲玉玲珑……

旁人哼起旋律，双手打起节拍，喊他的名字，来一段“关黄对刀”。他站在船舷边，正将残羹冷炙倒进湖里。他清一清嗓子，脱口就唱起来：

燕赵闻名纳降表，神阳胆烈早投诚，龙主难脱囊沙计，我马踏山东七十座城，霸王空有拔山力，只落得乌江岸自刎血染红……

那感觉太奇妙，这荒野之地，他唱词中的悲凉如此应景。独独只有我们这一船上的几个人，仿佛此时世界只剩下我们，我们也只剩下这片荒野。我侧倾着身子找他，一团模糊的影子，被雾气包裹着，好像随时要变成另一团雾飞出去。

旁人又俯过身凑近耳语道："谭亩地是个有故事的人。"

我这才记清他的名字，太有意思的取名，终生流浪的父辈最大的心愿就是儿孙能有自己的一亩三分地。然而，他几乎前半生都是在湖上的寒凉与酷晒中漂泊。漂了太久，二十世纪八十年代到了春风湖，憨厚本分，讨了一块地盖了两间瓦房，儿子意外死去，妻子伤疾离世。旁人速写般地讲了曾经在他身上发生的旧事。他还在唱着，手机里的旋律也嘶嘶呀呀地唱着。

过后不思量，不思量。谁这么说一句，我的心却突然紧起来，身体也无端地抖动，是寒意的遁入，是为了湖洲故事的凄悲而抽搐。他手中的残羹与冷炙，在冷风中变得更冷，湖上谁个人的一生，不是到处潜沉着悲辛。

终于等到他坐下来了，早就忙完了，他独自走来转去不靠拢我们，似乎更愿意远离人群。船上寒夜太冷了，防风外套围脖帽子裹得严实，但是从甲板座椅脚底升起的冷，如蛇行般游遍全身。他坐下来，挑了挑烧过许久的火堆，冷恹恹的火又被挑得热闹起来。我这才仔细地看清他，黝黑的皮肤，筋脉毕露，右手指甲间是漆黑泥垢。他像是被火分成两半的人，半边身子照得红通通的，另半边在黑夜里镀着一圈毛茸茸的光影。火在眼前跳动起来，像是醉酒醒来，温暖的缺口如同溃垸被堵上，身体旋即暖和起来。

旁人让他说说湖洲上的旧事，让外面来的人听一听。我是那个“外面来的人”。他挠挠头，开腔的声音失去了刚才唱词中的高亢，似乎只是因为家中来客推辞不过，作为主人的他必须说话了。他先说起的是春天。湖洲的春天，草坡、垸堤、滩涂，看麦娘、黑麦草、凤尾蕨，星星点点的绿，睡一觉醒来就变得浓郁起来。那种绿，鲜亮，透明，发光，谁看了都会喜欢，都会忘记沉积的忧伤。

他就在那样能够忘掉忧伤的绿色中去草滩上放牛。他坐在稍高的堤坡上，眯细着眼，远远地数着牛的头数，九、十、十一……这些牛有的是自家的，有的是邻居的。他乐意在失去儿子之后，当起一个放牛倌。偶尔，他会得意地走过去，沿着牛的肚腹往上摸到下巴，牛毛如针，顺着摸不扎手，牛也很享受他的抚摸。但他心里并不舒爽，这些牛，有的已经被人买下了。卧病在床的妻子，需要用卖牛换来的钱去治病，虽然那个看不见的病，没有哪位医生说能治好。焦虑越多，噩梦也越多。有天夜里，他梦见湖中有个大洞，把他裹着往又深又黑的洞里旋转，他的身体搅动着湖水，水面上的船跟着卷起的浪一只只沉没，去往水最深的地方。

他不说那个水最深的地方的梦了，接着说要离他而去的牛。有的牛活了不少年头了，迟早都是要死的，就像他一样；有的牛舐犊情深，也是到头来终归要父子分离。这是命，世界上的人与动物，有时命运是如此相似。他内心发着感慨，这声音只有他自己听得到。他听到自己在说：我们再不见了，是我对不住你。

你是高兴吧，不跟我这糟老头一起了，你去开始新生活吧，你要被宰杀了，莫哭泣，人活着也是要死的，不像那些长命的树。

他说的树，是一棵长在离岸有几百米远的滩涂上的柳树，也是一排柳树。但在涨水季节，只有一棵最高大的露出半边脸，其余的都被淹了。水退了，那些淹了的树还是活得好好的。到了春天，绿得格外醒目。它们活了很久了，也不知道还会活多久。他觉得人的记忆都应该交给这些树。

旁人递烟，他伸出左手接，火光里，看得见有三个指头明显矮了一截，结痂的肉指头是圆的，中间有一个绿豆大小的黑痂。我听说过他的手是被船的螺旋桨削去的。他跳到湖里去救邻船上玩耍落水的调皮孩子，孩子的父亲在驾驶舱，马达的轰鸣、劲猛的湖风，吞没了孩子的呼救声。恰好从旁经过的他，看到了一沉一浮的红背心。伤愈后，孩子上过几次门，唤他

“干爹”。湖上的渔民即使不熟，寡言少语但惺惺相惜，都有着同一片水养同一条船的兄弟之情。他认下这个“干崽子”，相隔百数里的另一份情就这样结下了。

前两年彼此走动得勤密，过年过节，大人的生日，湖上的偶遇，礼尚往来，真还有点非亲却走亲了的感觉。孩子嘴甜，他变着法子给孩子编个小鱼篓小篾笼，教他潜水，玩上半日一天，他跟着自家的船又走了。走了，他会痴痴地望着湖面好长时间。孩子家的船像个水上的黑斑，愈行愈小，彻底消失。那些日子，湖上多了些张贴标语和循环广播的公家船，宣传的是“天吊户”落户、渔民上岸。他早些年笼络付出，好不容易在村里谋了个安身之地，却还是习惯了水上漂。摇晃的水面比大地还要踏实。

那一家人借着政策，搬上岸，运气好，住在了城里的渔民安置村，孩子也进了学校，音讯渐稀。孩子父亲年富力强，在街河口的渔市搞了个排档，转手把湖里上来的鱼卖给城里人。他不以为然，心里虽有空落，但也不至于特别沉重。湖上经历的风雨、灾痛，所有的坎坎沟沟都是要过去的；过不去，时间也会帮你削平它、填满它。

他有时会去三十来里外的镇上买一点东西，有时他这里走那里看，又空着双手往回赶，幸运的话，会赶上崔百货拉东西的三轮货车。货车上的人嘻嘻闹闹，崔百货手握方向盘，一边拍打烟盒屁股，点燃弹出的一根精白沙烟，叼在酱紫色的嘴唇间，一边嘟囔着：“别挤了货，挤坏了不好卖，你赔不赔？”没人搭理他的话，继续嬉闹。三轮货车叭叭冒出一股烟，黑烟，有呛人的柴油味。

挤在人群里的他，只是生活在记忆中的他。一路上，他看到田地里的鸡，浅沟里游水的鸭，有着吃不尽的食物。他想到野外的那些栖息的鸟，不知道它们从哪里飞来。北方，中国的北方，西伯利亚的北方，极度寒冷的北方，那个遥不可及且化为乌有的北方。那些各种奇怪称谓的鸟飞那么遥远的路那么漫长的时间，来到这里，寒天冻地，一年又一年，图的什么，不也就是生存。他似乎对“活着”有了崭新的理解，心里不知是疼还是欢喜，仿佛他的孤独有了伴侣。

邻村有人来找过他，劝他去镇上的小教堂。他问去干什么，对方也一时答不上来，支支吾吾，说去了就知道了。问急了就回答说人做的一切错事，会得到一个人的原谅。他问那个人叫什么。对方说上帝。他突然想笑，但觉得不严肃，因为对方的脸是很严肃的。他轻叹口气，人孰能无过，怎么会不犯错呢？他回忆自己做过的错事，从儿时开始，一桩桩一件件。记忆是欺骗高手，常常连自己也不知哪些是亲历的真实，哪些是从旁人那里嫁接到自己身上来的。

那一盆树蔸火的表演在夜半时分落幕。我们各自睡去，驾驶舱的床窄，外面风吵了一宿，像有人在蛮横狠竖地乱画一气。衣装整夜未卸，被子上有层油痂，渔民、湖上的志愿者、拍鸟的摄影家、考察水生物的博士，都曾在这里借宿过夜。被子沾染了太多人的体温和呼吸，但我也还算睡了一个囫囵的觉。起夜，尿憋得太久，身体越发地冷。我站在船舷边上撒尿，滴滴答答地溅到脚面上。寒风把舱门撞得砰砰响，却意外地不觉冷，冷到极点就是冻住了。身体没有了感觉，仿佛和船，和空旷的湖，冻结在一起。湖上依旧大雾弥漫，但天色已变得熹微。我扭身要进舱里，那床被子再坚硬，也尚有余温。我这时看到了他，站在尾舱的舷边抽烟，不知在想着什么心事。烟头的光，在晦暗的此刻，显得特别明亮。一闪一烁，似乎能照亮湖的远方和人的过往。我向他走去，他深深地吸了一口，嘴闭着，鼻孔里吐出徐徐的烟雾。烟雾和湖上的雾气是不一样的，倏忽间，烟雾就没了踪影。我一时不知要跟他说些什么，或者是我在琢磨说哪些话能给一个鳏夫安慰。他定定地看着我，又深深地吸完最后一口烟，烟头慢慢暗下来，一支烟他抽完，干净得恰到好处。我笑了笑，他突然问我，一个以水为生的人要怎样度过他的一生？

湖洲上的男孩子都冷漠、粗暴，他们游水、攀爬、捉鱼，骑着水牛在水塘打闹，野蛮地杀死一只眼睛凸起的青蛙。他们会用一排篾篓堵在水流缓慢、水草丰盛的河沟，赤脚踩在水中赶鱼，连最小的鳑鲏也不放过。乡下又把鳑鲏叫四方皮，这种鱼喜欢在有河蚌的地方栖息，在发情期间通过摩擦河蚌的敏感部位，趁着蚌壳张开之际，排卵到蚌内完成繁殖。秋冬时节，顽皮的孩子还会拿弹弓去射击躲在水塘的鸟，惊起一片飘散的飞羽和尖厉的叫声。

他的儿子寡言少语，不合群，有时看着同龄人从家门口来回追赶，顶多是抬头望一眼，又埋头挖坑栽下那些劈断的树枝和花草，填土，浇水，也许永远不会成活。他从家里偷谷粒撒在偏僻的田埂边，远远地看飞鸟啄食，也从野地救回过几只受伤的鸟——豆雁、灰鹭和未成年的鹤。它们被荒废的网缠住腿脚，被故意设计的陷阱所困，他用布条绑住它们受伤的腿，包扎流血的翅膀，让它们待在安全的窝里。他会细心地找来鸟能吃的昆虫、鱼虾、种子和粮食，也尝试着帮伤愈后的鸟扑哧扑哧扇动着翅膀飞起来。那个经常走在田间小路上的孤单身影，村里人都知道是他的儿子。

他用脚踢过儿子，恨他把读书的时间花在这些无用的事情上。儿子进入叛逆期，话越来越少，像一个年迈的渔民不愿多撒一次网。他心里觉得不能让下一代再步后尘，水上漂的生活要结束在这一代人手上。这也是他死活要让不爱读书的儿子坚持读书的理由，但这个理由因为一个意外变得令人发笑。

儿子死于一桩故意谋杀案。当地引起了很大的震动，那些日子人们张口就在谈论着他儿子的死因、经过，唏嘘着那具捞起来的水下白骨。儿子被人沉尸水下，还是他自家的那条船。这件事对他而言，真是命运莫大的戏弄。他在夜晚听到过水下的响声，并没警觉，妻子推醒过深睡的他。他很纳闷，从来没有听到过这么大的声音，不是起风了，也不是有别的大吨级的船经过，他感觉到船在跟着声音摇晃。夜里的湖上风平浪静，只有他这一条船在摇动。他记得起身侧耳听了一阵，是尾舱下面水发出的声响，水的响动必定是鱼制造出来的。游过的是一群鱼。那一年，湖里的鱼特别多，他两天就要驾船送一舱鱼上岸，手头盈余多了，他考虑把村里的房子再搭盖一间，儿子在镇上中学寄读，周末会回家。那个家的现在和将来，都是要给儿子攒下的。

大概是儿子死去的第三天，死亡时间是公安破案后确定的。两条外地渔船借他的座船停靠了一晚，船的主人是双胞胎兄弟，为了让人区分他们，总是穿一黑一白不同颜色的背心。那天晚上下过一场雨，他们邀请他移步，一起喝了酒，还打了会儿扑克牌。黑老兄睡眠并不深，半夜感觉到湖在掀动，外面雨停风歇，他诧异得很，总觉得水下有什么东西，就那么磕磕绊绊到了凌晨，看见舱尾的水下一群鱼，密密麻麻，腹肥头大。他一个沉潜，鱼群横冲直撞，四处逃散，水中像炸开一个气团，卷起一个巨大的旋涡。他顺着座船的下水缆绳摸到了一副骨架。黑老兄把船上的人都叫醒了，白骨还绑在一根粗麻绳上，被丢在了他的船头，绳子上还有黑色的血印。

他瞪着眼，妻子脸色煞青，紧紧抓着他的手。他在那一刻觉得妻子的手力如此巨大，自己的手要被捏断了。公安来了好几条快艇，刑侦专家在船上前后左右仔细地查了个底朝天。公安看船上人的眼神像刀子一般，他们每一个人都有嫌疑。这群板着脸的人上船后，他就一个劲地骂晦气，咒着哪个缺德的人嫁祸于他。毕竟他是最大的嫌疑人。妻子躺在内舱的床上，头疼病从见到白骨的那一刻起发作了，更头痛的消息不久也被带到了船上。

案子不到一周宣告侦破，其实也谈不上侦破。周边的失踪人口问询一圈，是学校发现他的儿子不见了。DNA 的检测远没有今天这般发达，公安到附近的村里、镇上走访了一些人。一个女生向老师吞吞吐吐讲述了几天前夜晚打斗的线索，老师转述给前去学校调查情况的公安。公安听完，拔腿就跑，跑到镇派出所报告。公安原本还只是怀疑，试探着去找其中一个青年，他想逃没逃脱就被按倒在地时，恐惧得哗啦叫喊着就供出了杀人者的名字。几个同伙自以为事情做得隐秘，还在犹豫着是否逃离之际，被公安堵在了各自的家中。为首的那个犯罪嫌疑人是镇上许多人都避而远之的狠角色，整日游手好闲，喜欢动拳踢脚，凭着一股别人比不了的凶暴，让人生出畏惧。此人靠着每年鲜鱼上市，欺行霸市，暗中盗卖过野生动物，赚了很多昧心的钱，带着几个镇上的社会青年打扮成古惑仔，开着一辆二手桑塔纳四处蹦蹿。有天深夜在镇上新开的小歌厅唱完歌出来，他们在马路上拦住了一个初三下晚自习回家的女学生，他的儿子和几个同学刚巧路过，逞能把这个被纠缠的女生解救出来。几个古惑仔碍着当时街上人多不便动手，吃过夜宵，喝出几分醉意，把桌子一拍就去了他家中。带头的狠角色只是想教训一下这个学生崽，没想到那把平时须臾不离身的匕首，在夜色里变成了杀人的工具。人被捅死后，他们趁着夜深，出船把死者的尸体绑着石头沉在湖中的一条无人的座船之下。他们太急促，也没想到，那就是死者家的船。这几个在街头混的古惑仔，年龄比他儿子也大不了几岁。

他没想到的事情戏剧性地发生了，他和妻子去邻镇吃了顿远房亲戚家的喜宴，回来后，儿子不见了。起初，他以为儿子是在学校宿舍，或者是负气去打工了。儿子成绩不好，早说过要去打工学一门技术。那个时候，学校管理没有那么严格，社会治安也是危机暗藏，毕竟是三十多年前了。

那段日子他变成了哑巴。妻子从船上回到了家里，就再也没有下过床。妻子头发白了很多，话也越来越多，不管有人没人，整天在呓语中活着。她一次次夜梦中惊醒，大呼小叫，要出门跳到水里寻找儿子。她说梦中看到儿子像小时候般调皮，潜在船尾的水下，让她喊着数字，儿子最多一次潜到了十分钟、二十分钟，水下没一点动静，站在船头顺着绳子着急了，将绳子拉起来，明明是一个人，结果爬上船，变成了一副白骨。儿子是被鱼吃了，她发怒的时候，咆哮着，拿刀剁鱼，船板上血淋淋的，剁完鱼她把它们通通丢到水里，然后匍匐在舷边，双手在水中抓着，像是要捞回躲在水下的儿子。那些夜晚，湖水也在窃窃私语、愤怒、呻吟和抱怨，所有的声音，他都是从妻子那里听到的。

家里折腾得乱糟糟的了。犯事的狠角色被判了死刑，对方家里想尽办法捞人，也来给他送钱，希望他帮着一起去法院求情，改个无期。他木讷地呆坐不动，默默念着：杀人偿命。钱当场就退回去，态度决绝，仿佛钱是随时要爆的炸弹。来人拍门打椅，骂他绝户、孤老、无人送终。他听得心尖尖像刀戳般的疼，眼泪管不住地往下流。他安慰自己，水上的生死不是头一次见识，苦命的渔人泪，终归是要流进湖水中。屋里妻子又发病了，大呼小叫地喊着：“儿子，快上来，快上来！”邻家的狗也跟着吠叫起来。

他把屋门重重地关上，把那些人关在了门外。这个世界上，除了他，没有人再听得到这个女人的声音。他恨邻家的狗，以及村里的狗，儿子被杀那天夜里，狗都哑了，村里没听到一声吠叫。

新的一天我们继续在湖里走，空中有少数的鸟飞过，滩地栖着许多的鸟，有人说看到前年新发现的黄头鹡鸰，但没有抓拍到就飞走了。我们焦急又认命地等着雾散日出。从清早见面之后，心里想着的，我并不说出来，仿佛嘴里的话语会被湖上的寒风吹得四处飘散冻僵，冻得硬邦邦的。他依旧是寡言少语，只管做着吩咐他做的事。蒲滚船卷起大片的湿泥，那些黑色的淤泥，在空中飞溅，真像被撕碎抛起的一朵朵黑鸢尾花。我心里揣着他问我的话，一个以水为生的人要怎样度过他的一生？这是个没人替他回答的问题。

那个躺在床上的女人没过几年就走了，他是得到解脱，又并非完全解脱，是陷入生活的失魂落魄中，又像反吊双臂悬在半空。

他中途有几年很少下湖，不捕鱼也不吃鱼。起初家里还会来几位好心的邻居走动，他却故意要躲开人们的视线。走出家门，消失在夜里，与原野的孤独待在一起，仿佛那孤独能将他推到水下的儿子身旁，水下很冷，他胸口余温犹存。没过多久，他原来的那条二手座船又贱价卖了，另一条朝夕相伴的打鱼船停靠水湾，日渐破损，左思右想，他又忍痛让它换了新主人。在他心里，最不愿去触碰的，是那个水“最深”的地方，不仅是鱼游的地方，也是儿子生命安息的地方。那个离村口杨树林不远的土坟堆，其实里面只是一些灰烬。儿子旧物的灰烬，时间的灰烬，生命虚无的灰烬。

寒冬野外萧瑟，空旷让人心碎，长在村庄房屋四周掉光叶子的树，直戳戳地站在大雾弥漫的空中，风吹枝落。大雾也纠缠着湖洲滩涂，天地消融在一起。他时常站在屋外，看着同样孤单的老房子，喊了多少年的翻新，再也没动过念头。他在躲藏着什么，也在躲藏中消耗掉人生中最好的时光。有人遇到不幸的事，找到他寻求慰藉，他就拍着对方的肩，说你看看我这身又老又硬的皮囊，都得感谢岁月的艰难。他身上套着的那件灰色冲锋衣外套，防风防水，但已经破旧，上面印着“志愿者协会赠”的字样。外面的人到湖上来来往往，这种不知根底的来往，让他有了能够把日子过下去的那一点点信心。

那活着之上的信心，也是天上冬来春去的飞鸟带来的。他听到空中的鸣叫、嗡嘤、呼啸，或是欢悦、清澈的声调，像是看到田埂上瘦削的孤影，热泪一滴滴滑过脸上丘壑般的皮肤。他划动双手，身体不由自主地战栗起来，如同一只想要张翅飞却始终没飞起来的鸟。

蒲滚船在轰响中划了一个大弯，绕过了一处危险的沼泽，有人喊着他的名字，竖起大拇指。他扭过头，嘴角笑了笑，看得到那些风吹老的皱纹，被不知何时溅上的湿泥抹成黑斑。顺着大拇指的方向，也是我们前行的方向，大雾照常降临，茫茫湖泽，生活依旧，过往不知所终，白日从雾中挤出，散发着微弱、摇晃却坚定的亮光。

湖上宽

到红旗湖的乐趣之一，就是喝酒。唯有喝酒可疗治孤独，是老金酒桌上最喜欢的台词，我曾讥笑他站着说话不腰疼。他是乐天派，成天在微信朋友圈晾晒小幸福，呼朋唤友，山野桃源，平常事物都被他标注美好的名字，普通日子也能雕刻出阳光雨露。他当着一家户外运动俱乐部的大股东，还是一个水生动物保护协会秘书长，每年要张罗各种名目的活动。我那时有个做环湖田野考察的想法，与他一拍即合，此前也随他参与过几次水鸟越冬调查。这次老金喊我一起来红旗湖，几杯酒下去，旷野之地，冷风浸进骨头，心中那些虚无顿时就消解了。

我们住在路口的崔百货家，前年蹭着贫困户危改名义新起的屋，他去年加盖一层，楼上有四间对外客房，楼下几排东横西竖的货架，南杂用品上一层硌手的尘灰。主人崔世美出门了，老婆是外地人，唐山滦南的，带着两个孩子守店。这么冷的天，生意都被风刮跑了，货架摇晃，窸窣作响。老金让滦南女人关掉半边店门，女人嘴上答应，犹豫不动。老金学着北方话骂了句："缺心眼的老娘们。"厨房是加搭的一截瓦棚，崔百货说加盖完楼上所剩环保砖不多，所以砌的墙体瘦薄。瓦棚空间狭仄，肥胖的他走在里面，像是随时要挤破。当然也烧不了柴木火，老金看着两个挂着鼻涕、冷啾啾窝在炭火盆边的孩子，叹了口气道："去鹿后义家喝酒吧。"他打开半爿门，一团湿雾从脚底下钻进来，像条养壮的家狗，懂事地溜到角落趴下，看都不看来客们一眼。

"鹿后义比常人多只眼睛"在当地只是个笑谈。他相貌平常，并无异相，眼力好却是属实。换在早些年前，鹿后义这个时节出门，一件色儿快掉光的军大衣裹紧脖子，冬帽檐拉得罩住整张脸，只剩两只眼睛看路，两只鼻孔呼气。他的长电筒向掉光叶子的树棘丛里照过去，慢慢移动追光，待到猎物出场，另一只手举起他的长枪，乜斜着眼，都谈不上瞄准的功夫，就听见冰冻的空气像一匹布被撕裂。夜裁去一截，或是空缺了一块。然后听到的就是一团沉闷的黑影落地声。

红旗湖的人，没有谁不佩服他的枪法。老班子说他是天王眼，越黑看得越清楚。他耍心眼儿，喝酒装迷糊，不否认，也不应承有什么特异功能。老班子说这是遗传基因使然，鹿家祖上从安徽跑江过湖来到湖南，水上为家，原是东洞庭湖上的“天吊户”，直到父亲鹿子林买了块地，盖了一间上岸栖身的茅屋。湖洲上有些本事的人被以“姓氏+佬”相称。久而久之，有人忘记鹿子林的大名，却在茶余饭后唏嘘，鹿佬“天王眼”，死得冤枉。事起何因，是一个谜。

鹿后义从没讲过父亲的旧事。过去别人说，他一只耳朵听，挟一块鱼肉丢进嘴里，张嘴理出一排长长的鱼刺，直到桌上大致摆出一条鱼的骨架。他酒量好，方圆几十里排得上座次，老金坦言，几次想探个深浅，未果。“像是与一口井在喝。”这是原话，他识时务而退。为此他掏了不少酒钱，我也带过几瓶龟蛇酒。当地的龟蛇酒广告商瞎编：“井下通往龙宫一段路，湿寒冷冻，柳毅帮牧羊小龙女传书前，喝过一渔家土法酿的酒，取的君山岛上一口大井的水。”现实中这家酒厂貌似经营得热闹，却收不抵支，破产倒闭是迟早之事。“酒确有功效”，老金边说边笑，“喝过后身体热烘烘的，只想脱光衣钻进被窝里打滚。”我们好几回劝鹿后义多喝几杯，他坚决地盖上了瓶盖，转身掖进墙角的木柜子里。

上次的酒还剩着，这次喝光了它吧。他蹒跚几步，从柜子里取出半瓶剩酒。我多看了他的背影一眼，和前一次见面相比，双肩前曲，脊背佝偻，仿佛是这个夜晚突然变老的。我好奇他这么多年湖上的经历和心里的秘密，连同他父亲。他们从那么遥远的地方风餐露宿漂流到此，水中双桨下去、抬起，堤岸长到看不到尽头，湖上水路也看不到尽头。他在人前总是沉默，像另一口已掏干坍塌的枯井，井沿偶尔躺几片落叶，被风吹跳着圆圈舞。

湖洲上天黑得早，彤云密布，芦花聚在一起的白光，把天空擦出羽毛状的微亮，愈远愈亮，也看得愈清晰，仿佛不是夜晚，而是另一个世界的白昼。

堤坡下，长路无人，空中盘旋着一团团的雾，你追我赶，“野旷天低树”的诗中景象也不过如此。往前扒些年头，闯到东洞庭湖来的人，当这里是钱窝子，挖金挖银。一湖水，一片洲，四时不同，遍地是宝，水里有鱼，洲上垦田，种什么就发什么，插根柳枝也能成活。原来逃命的人死活赖在这里，聚成了一个个村落一间间土坯屋。

红旗村与东洞庭湖一堤之隔。围湖造田，湖像一张大桑叶，密密麻麻的人群像蚕蛹般拱上去，吐出一块块阡陌田地，围成一道道长堤矮垸。更早之前，鹿后义的祖辈住在往西五十余里的湖洲之上。洲就是水中滩涂，那片滩涂特别奇怪，每一个人都会称呼它不同的名字。鹿后义说，他那算得上朝中官员的曾曾祖父遭贬逐，带了点家产顺水而下，遇那叫“白马精”的旋风，船损人亡，醒来时发现自己被一个老渔民救下。四面水波平静，压根儿不像飓风破浪降临过的样子，湖洲上长满芦苇，正是芦花盛开，一棵棵艳艳地站成一片银光灿灿。我查证过，周文王之子康叔是鹿姓始祖，当年被封于叫作五鹿的河南濮阳一带，后人遂以先祖封邑名称为姓氏。

鹿家曾曾祖醒来后问的第一句话，这是哪里？当他听到“鹿栖湾”三个字后，心中百感交集，决定就此定居，并学着渔民下水捕鱼。当他知道住在这里的百十户人家，却没有一户姓鹿的，他顿时傻了眼。他后来才明白，这并不是上天给鹿姓人氏赐予的安身之地，而是一种叫“四不像”的健壮动物曾经出没于此。鹿后义掰着指头给我数地名，他是要告诉我，曾曾祖父他们所不知道的麋鹿，这种被认为绝迹却“死而复生”的动物，湖汉洲滩有多少地名与它有关。

鹿角、鹿湖、麋荡、麋子国、麋子山、麋滩湾、黑麋嘴、鹿栖湾……后来很多人又叫成了煤炭湾，好记。

夏天涨水，煤炭湾就消失了，直到退水后才露出一角、一片。芦苇比人高，越冬的白鹭、天鹅钻进去，稍有人声喧动，就惊飞一片。流沙卷沉了多少往来船只，后来都成了传说。有人冲着被埋在水底的财宝而来，经常会看到一具具被鱼群掏空的白骨。洲上有很多衣冠冢，年深日久，无人认领。

鹿后义的父亲，那个叫鹿子林的男人，黑炭般的肤色，眼睛像猫眼，会发光，人们不敢和他对视，似乎怕被看出心中旮旯里的污垢。他始终缄默，像一块冻僵的石头，不多去谈论父亲。我深有同感，也许并不是为逝者讳，只是每个男人心中都会留点秘密，为那个创造自己的人。

老金步子迈得碎且急，像是跌撞着扑向那几栋看似相连又隔段距离的瓦屋。这些房子在一望无边的湖洲之上，矮墩墩的，没有看相。湖洲上的屋从来没有“盖得高大气派”一说，打鱼种田攒的钱吃了喝了，顶多买几亩水田，绝不会去想着造屋。闹水灾的年代，汛期日子人人担惊受怕，外洪内涝，内垸积水，房屋浸泡，水成群结队地啃咬攘推着屋脚，人唯有逃到堤岸上等待洪水退去，或是看着自家屋墙摇晃坍塌，心痛得没有眼泪，就着锅里滚烫的鱼汤喝酒哀悼。

风中掺着食物的味道，掠过鼻翼。风太猛烈了，好像有人用手挡着你，前面是地雷阵是万丈深渊。老金几次回过头，怕我被风刮没了，还让我猜，鹿后义在家炖的什么鱼汤。他张开嘴，声音就折成枯枝败叶吹远了。

大约是一年前，第一次认识鹿后义，那时他个子矮胖，脸上永远涂成土黄色。他说自己是这几年长胖的，过去瘦条子。问是什么原因。他没说，也许说不上来。“凡能说出的答案都不是原因”，他一句话就堵住老金的追问。上次去他家，正好从红旗湖打到一条大雄鱼，切下鱼头也足有十余斤，一锅炖了半个下午，起筷前半小时撒些辣椒，慢火出味，汤味鲜美。吃鱼，

《洞庭湖志》舆图

只有在船上，在这种偏乡僻野，才是回味无穷。没有道理可讲，城里再好的厨师也做不出来。鹿后义说，凭什么，接地气呀。

老金指着前面不远的屋子，你闻到了吗？是黄鸭叫。我摇头，差点跄了一步，空胃在呼唤了，脑子里浮出一盆热气腾腾的黄古鱼，火锅端上煤灶，绿火蹿起老高，咻咻地舔着热气。

放上陈年花椒，老鹿的最爱。

腊月的寒风是最吃人面的。上一次水鸟越冬调查，鹿后义怕我不懂渔民的话，告诉我意思就是风厉害，伤脸不看人。我提前做了防护，脸罩、围脖、连衣帽，但还是低估了湖风。那天冷得出奇，牙齿也是冰凉的，张嘴吸气，嗓子眼儿拉锯似的疼，鼻子吸气急一点，脑袋里鞭子抽打般的疼。野外行走一天，晚上缩身于小趸船的舱内，就着改造为过滤器的油桶里的水简单洗漱后，身体有了些暖意，才发现脸像刀割火烤，手摸一下，生怕脸没了。他说，吹上一冬，脸就废了。我再端看身边几位渔民脸上的纹沟，都是风拿刀刻上去的，锉不掉了。他们毫不在意，人活着也不只是为了一张脸。命运躲不过，脸就是命运的影像。

鹿后义家灶屋亮着灯，气雾弥漫，看不清人影。灶膛里烧着很旺的火，像大地上升起的一面火焰之旗，横扫着妖娆雾瘴。家户烧过一段沼气，又回归到柴木，无人认领的野树、自家种的树，入冬前会砍倒一片。这幢土坯房已是老旧，但当年是红旗湖最先砌起的大屋，鹿佬死后在鹿后义手上推倒重建，那时他风风光光，是最有资本的人。

像是预先知道我们的到来，桌上已经摆上了几副碗筷。鹿后义老婆说："是你们啊，白天扫屋，看到蜘蛛吊在大门口，我就说有客来，真就应验了。"这个女人没上过一天学，从记事起母亲跑了，就跟着父亲水上漂，一只眼睛儿时染疾，没有治好，眼睑粘连，眨巴了大半生，后来落下瞎病。有人说，上天讲公平，夫妻配好了，她的眼睛长到了鹿后义脸上。

鹿后义示意往堂屋请，他端起一锅鱼，老金帮着提起煤炉。煤球眼里的火，半青半红，像蛇吐芯子，一次次舔着他的手。一碗鱼汤很快暖和了寒风中经历的身体。开喝吧，老金举杯，示意碰一碰。我们一口饮尽，鹿后义只用舌头咂咂啜了一口。辣辣的液体顺着齿舌入喉进肚，身体瞬间就被打开，点燃。

鹿家堂屋又高又尖，像教堂，光线弥漫，闪烁不定。乡下电压不稳，圆肚细嘴的节能灯发出的光，像一条细长的舌头被夜晚的大嘴吐纳。炉火伴有炸裂之声。光线偏暗，并不适合拍照，老金指挥我的头向左略略偏斜，大光圈慢快门，给我拍了一张面部特写。他拨拉着相机上的转盘，放大屏幕上的一只眼睛，甚是得意地发出啧啧之声。一缕跳动的火焰映亮我神色乱漾的脸。我凑过去，眼睛已经放大变形，长满浮萍般的暗物质。

有那么一块镜面般的角落，鹿后义的身影停在了上面。

很奇怪呀，鹿后义明明是我们拍完照后进来的。他摸出半瓶泸州老酒，摇晃着递过来，我发现他一脚深一脚浅，身体浮在气雾里，眼睛半眯着，闪着精光。突然感觉他是远在云端的人。

老金声音变了调，喊道："老鹿，你别转来转去了，坐下来好好喝酒。"老鹿的老婆靠墙，袖子上抹了一层白灰，边拍打边说："他成天说要死了，不怕死，一死百了，你们劝劝，劝劝他。"

火熏眼睛，我睁开泪湿的眼，对面空无一人，老鹿不知去了哪里。

红旗湖的人有个习惯，讲述他人的故事来证明自己的人生。洪水猛兽之地，随便裁一小块人生，丢在荒洲野滩，湖里岸上，就会长成一段令人唏嘘的命运。

红旗湖在堤垸内，以荷多著称，站高处远看，其实是一条S形的湖湾。冬天落水，洲滩浮出来，湾就显得更狭长。莲荷长在开阔的水面，挤密着生长。过秋之后，荷叶枯萎，花谢莲落，无人打理的枯荷秆戳在水中，不惧风雨寒暑，直到北风舔干身体里的最后一点水分。夜间常能听到脆生生的折断之声，像巴掌响亮地甩过一张张脸。

度冬的白鹭、大雁、绿头鸭，还有珠颈斑鸠、乌鸫、彩鹮，年复一年，裹着游云涌落洲滩。它们喜欢红旗湖的浅滩、密林与细鱼小虾，结伴成群地散入枯荷丛中。鹿后义入冬就忙碌起来，生产队长也尊他为座上宾，管他晚饭喝酒吃饱，然后由他领着渔猎队的伙计们出发了。他疾步如飞，把抬铳的甩在老后面，打着手势不要跟紧了。他像条猎狗，走到湖洲上就细细地嗅着空荡荡的风，仿佛风会告诉他水鸟落脚的地方。有人背后给他又取了个外号——狗鼻子。

走到两岔河，他选择了往穆铺咀走。鸟也是聪明物，穆铺咀那一带有个回水湾，一片浅滩拐角，茂密芦苇挡风遮雨，又有很多细鱼虾螺。“狗鼻子”一路嗅到离穆铺咀半里地，立定不动了。风也似乎消失了，道路两旁绵延的芦苇丛发出踩水般的响动。

抬铳的人走近了，他腾出一只手立了一个大拇指。穆铺咀历来都有打不完的鸟。只是这里地形复杂，苇丛深密，单铳收获不大。鸟儿精明，稍有响动，纷纷飞远，有时一哄而起，遮天蔽日，叫声凄厉，仿佛天塌地裂，湖洲搬离。

二十世纪七十年代初，农场批准红旗村成立一支渔猎队，名正言顺地去打飞鸟走兽。捕获的鸟兽都统一交队部，算计副业收成。队员都拿平均工分，吃饱喝足，盈余拿回家。好差事，当过猎户的争相报名，三十一岁的鹿后义当仁不让，成了队长，配了最新的猎枪和新铳，每月单独发一份工资。誓师会上，瘦得像根杨树的朱场长宣布渔猎队成立，还恨恨地骂了一句："龟儿子的，比老子当场长的工资还高，你不好好打，老子抠掉你的三只眼。"

鹿后义举起新猎枪，头都没抬，朝天空开了一枪，枪管烟还没冒出来，有人就指着不远处掉落的一只大雁，惊呼着奔过去。朱场长激动起来，又骂道："鬼崽子的，好枪法，好兆头！"

鹿后义八岁就搬铳学习射击，十岁偷着磨制弹药，当然是旁观父亲学的。待到十五岁，成了红旗湖有名的神枪手。他第一次跟着父亲去打鸟，伸手想去触碰扳机，被父亲一巴掌打开，跌倒在泥淖里，鞋子进水。父亲把铳打响，扔下他去捡鸟，枪管冒出呛鼻的硝火味，久久散不开。父亲呛着咳嗽，他屏住呼吸，嘴唇之间吐出一口长气，硝味便顺着气流绕道而走。后来他踩着湿鞋，走了一个多小时，像赤脚踩在冰上，每走一步，会发出肌肤撕扯的声音。他一辈子都记得这种声音。父亲用力拍打他的头道："那么重的硝味，也不知道躲开，吸进去烂掉你的肺。"他不吭声。"摸枪打鸟不是个正事，当个渔民，当个农民，睡得安稳。"他也不吭声。趁着父亲酩酊大醉，他把比他个子还高的铳枪搬到外面，对着家里那面朝东的外墙射击。

朱场长如此看重鹿后义另有原因，他无师自通地鼓捣弹药配制，霰弹的范围控制得恰到好处，能最低程度地伤坏鸟的羽毛。那时，一只只往外运送捕猎水鸟的船，只要说是红旗湖来的，就能在县城的外贸公司计上最高的价。像是后来的免检标牌、特别通行证，鹿后义也就名声在外。当上打鸟队长的个把月时间，他整天在堤垸上眺望，发呆。几个队员问过几次，受到冷遇和呵斥后，躲得远远的，有的索性私底下邀约着去打鸟。朱场长听说后，拍了桌子，骂得很难听："鬼崽子，当了队长不打鸟，他还想干吗？"

但朱场长终归没有亲自来问罪，后来反而劈头盖脸地训了"告密"的村长一顿："你搞清楚他在想什么，你不知道跑到我这里瞎胡搅，快滚，该干吗干吗？"

村长揣着一肚子火回来了，迎面看到鹿后义家门前围了一排人。他挤进去，鹿后义正着人把十多把大口径的鸟铳摆成扇形，每把铳上有一个点火板，导火线连接，点燃连接的导火线，鸟铳齐发，就相当于一个人打出了十个人的火药威力。几个打鸟队员听得津津有味，摩拳擦掌，仿佛胜利近在眼前。村长不信，非要眼见为实。鹿后义来了脾气，偏不依他，说"不信就一起去伏鸟"。村长是个老寒腿，当年驾船捕鱼，贪着最后一网，被一夜极寒冰冻锁在茫茫湖上，差点把命也丢了。

祭完湖神，鹿后义带着打鸟队员出发了。他吊着一张脸，不怎么说话，喜欢用眼神指挥。处久了，有队员懂得按眼色行事。到达穆铺咀后，众人蹑手蹑脚地散入苇丛，像潜入的另一群水鸟。鹿后义带两个精干队员择地躺下，铳枪是用油布包裹住铳膛，防寒冻上潮到时哑火。他抱枪在怀中，背倚一截掩沟，枪口面朝一片 U 形湖荡，数百只白鹭、雁鹅浑然不察，悠闲地踱步觅食。此时是日暮，血红的太阳西落，垂挂在远处的苇穗上随风摇摆。

枪声是凌晨响起的。红旗村和邻近不少村庄的人都在睡梦中惊醒，感觉到了大地的震动、房梁的摇晃、木床的战栗。有人争论过，是响了一声还是响了十声。那支排铳上有十把铳枪。

等到后半夜，鹿后义睁开似睡非睡的眼睛，看到密密麻麻的水鸟占领了整个湖荡，才用脚踢醒了缩着脖子裹在蓑衣雨服里的队员。他打开三层油纸包，取出火药和子弹，逐一装进铳膛里。几个队员早就用嘴里的热气，给铳膛暖了身体，他们称这是暖枪。

导火线是鹿后义点燃的，他的手有些颤抖，此前的试验并没有真枪上阵，他靠经验解答未知。幸运的是，他担心的哑火并没有出现。一声巨响，他们听到簌簌的泥土和苇花漫天飞舞，又扑簌落下，落在他们头顶和衣服上。朱场长的父亲是村里的老私塾，说出了一个陌生的词：哀鸿遍野。人们只知道，湖上到处都是鸟，有队员吆喝着远处驶过来的船，装满了四条载货渔船，堆得像山一样高。

天亮了，穆铺咀变得空空荡荡。村长不知是高兴还是郁闷，一会儿喜笑颜开，一会儿骂骂咧咧。这一铳，很快在红旗湖周边传开，到了晚上，归来者告知，这一铳打了五千九百八十斤。在县上，没有人相信这是鹿后义的一铳之作。来了不少人要见这位鸟王，猎鸟大王，人们对他充满敬佩和嫉妒。去了县城开会的朱场长派人送来喜报和物质奖励，那是一条带过滤嘴的香烟和一把半手臂长的手铳。还有记者从省城特意来采访，没过多久，有人从场部送来一张油墨抹出重影的报纸，鹿后义扛枪的照片上，威风凛凛，下面写了“神枪鸟王”四个黑体字，而鹿后义的名字，已被看报纸的人抠出了一个穿洞。红旗湖很快热闹起来，湖区垸内乡镇、村庄的人组团来学习，那年代，打鸟天经地义。

值得一说的是，那铳管太长，有一端露在外面，贴着他的左额，待到他起身，铳管硬生生扯开额头一块皮，当时他哪有感觉到疼。第二日天明，有人说：“鹿后义，你额头怎么呢，怎么多了个缺疤？”他摸了摸，哎呀，整张脸都疼了起来，刀戳似的疼。另一个人凑近盯视，像只眼睛。然后哧哧笑着大呼小叫：“额（我）的天啊，鹿后义长的眼睛，第三只眼睛露形了。”

自那以后，老班子说，鹿家父子是鸟的克星，鹿后义浑身上下散发着冷兵器的杀力，崽比爹更克，从洲野上走过去，天上飞过的鸟也会颤几颤。还有人说，要想认识一个男人，先看看他的伤疤。

鹿后义一战成名，回去的傍晚就去了父亲的坟头，杯中倒满烈性白酒（父亲一辈子只喝酿酒坊出的头道酒），点了两支烟。他把酒慢慢洒在残碑前的草丛，烟被风吸尽（长长的烟灰差不多是完整地掉落在地）。他一句话也没说，看着斜阳落水，像颗药片般溶解，从坐下到离开。

关于他的父亲鹿佬倒活霉的旧事，朱场长讲过一个版本。他著名的归纳就是，凡事都有预兆，命运安排好的不可改变。起因是那段日子鹿佬屡屡想起曾祖母留下的遗言，湖上知名的大财主阙金龙曾在屋子周边埋下一缸金子，阙姓在湖洲上也是唯一的，吃着山珍海味，吃得油光发亮。鹿佬想不通唯一的姓氏也有天差地别的贫富悬殊。曾祖母是在梦中告诉他那缸金子就埋在他买的宅基地旁。做过几次失败的尝试后，他不肯善罢甘休。那天他喝得微醺，突然推倒酒杯，大呼“想到了”，遂扛起锄头前去柴屋西侧的厕所，一蓬杂草处，臭烘烘的草堆收藏了很多被风刮到角落来的垃圾废旧。他奋力挥锄，结果真挖出一口破缸，缸里有绞成一团的土公蛇。正在冬眠的蛇当然不会醒来。在乡下，这是件顶不吉利的事。十一岁的鹿后义长得细细瘦瘦，站在远处看着那团绞在一起的蛇，似动非动，像一阵大风突然在湖面刮起的浪纹。

挖到蛇缸，恼怒的鹿佬手忙脚乱，一锄头下去捞起盘成一团的“乱麻绳”，丢进屋后池塘的冰窟子里。有几条盘落的蛇，在他的锄尖下锄成两段。他想跑近去看死蛇的模样，鹿佬不许他过去，手上力重，他被推倒在地，一屁股跌在泥水坑里，袖子和裤腿打湿。半截蛇睁着眼睛就死在他脚跟前，僵硬的样子，像极了一截黑皮树枝。

鹿佬一日三顿，酒不可少。喝酒是湖上男人的共同喜好，驱湿御寒，酒和辣椒，皆不可少。“酒胀英雄汉，饭胀死木头”，这句话被鹿佬挂在嘴边。回到酒桌上，鹿佬一杯压惊散心的酒刚喝下喉，就扑哧一声吐了，第二声，吐的是血。他缓慢地擦掉嘴角的血迹，咬咬牙，把杯中剩酒倒入口中。那时鹿后义还在屋后，衣裤打湿，皮肤瑟抖，恨恨地和半截死蛇对峙，不知父亲在家里发生的一切。母亲去了堤坡上采藜蒿，几户喂猪的人家喜欢将藜蒿切碎掺入一锅煮开的猪食。但鹿佬发现，它去根后的嫩茎，配以切成丝的腊肉煸炒，脆爽味鲜，散发一股特别的清香。洞庭神仙草，鹿佬多次劝大家与猪争食，却被人耻笑。那天晚上，母亲端上一盘清炒藜蒿，父亲从头到尾没有说一句话，吃过饭剔完牙出了门。晚上去伏鸟的他，后来就死在自己的铳下。朱场长父亲说：“本不该外出，命中注定，谁躲得过啊。”

那夜鹿佬是单独行动，并无伴同行，排除了他杀可能。究竟是谁打出射向他额头上的那一铳，人们来回分析，惊讶地想到凶手是一只长脚白鹭。鹿佬捡回的白鹭甩在铳旁，尚未断气，挣扎之中细脚触碰到扳机，枪膛余下的火药再次射出，击中返身走回的鹿佬。有人拍腿而起，这就对了。第一个到达现场的渔民也补充说，白鹭的爪子是和扳机挂在一起的。大家信了白鹭打死鹿佬的说法，唏嘘这桩怪事。朱场长父亲说："天下之大，湖洲之广，何怪未有？"

鹿后义当晚发烧说胡话，母亲用热水一遍遍擦着他的腋窝，用瓦片刮着颈椎和胸椎之间凹陷的大椎穴。他从迷糊中回归正常，鹿佬已经下葬。墙上多了一个人，像是屋里挖了一个洞。他突然想去看水，想听湿淋淋的声响，湖上日头西沉，寒光战栗，拱出水面的洲滩被一片殷红浸透。

鹿后义醒来后看到那个蛇坑已经被填埋，变成了一个坟堆，落红点点，烧融的香烛胶结。他以为自己在做梦，他不知道，昏沉迷糊地睡了五天，鹿佬入土为安。迁坟是多年之后的事，母亲离世，他看到有蛇在那坟堆出没，就想到那团在睡梦中被送到冰窟子的蛇，是它们的后代回来了。某一天他请来乡里的阴阳先生，做了个法事，捡了半坛罐子骨殖，挪到了六门闸的坟山场。

这片湖洲上有多少人死在沉寂的囚禁里，没有人记全过。人来了去了，也和洲上的一株草一棵树那般。悲喜也仅留存在最亲近的人内心，未见得。鹿后义身心疲惫地走在田野上，有人在背后细细地喊他，杀鸟魔。他听到了，心里一颤，如同过去有人说他出现在哪里，天上飞过的鸟都会惊颤不安那样。

那把手铳鹿后义没有打过一枪。他有段日子挎在身边，在人们面前把玩，举枪向着空旷的湖洲瞄准，手扣在扳机上，就是没有响过一次。以至后来，农场出公告要收缴所有鸟铳枪支的命令再三下发后，朱场长亲自登门又把这支手铳取走了。

没有枪的鹿后义像丢了魂，从早到晚在草坡上走来走去，或者是钻进小密林里，使尽全身力量发出几声吼叫。树叶下的虫豸、沟窝里的越冬鸟，扑簌簌地四散，骚动之后又归于无边的沉寂，死神降临般的沉寂。

一切尘埃落定。场部派人下来，把第一张“不准打鸟”的公告贴在离鹿后义家不远的电线柱上。他离得很远，并不想凑那热闹，打鸟队员都拥过来看。不识字的就听人一行行读出声来，直到最后停在“特此公告”，有人重重地叹息。人群散去，鹿后义没说话，一个人走近那纸公告。

有邻村信教的人上门劝说他一同去祷告，求主赐圣灵感化他，饶恕他过去犯的一切罪，洗净他一切的不义。他犹豫再二，临了，还是拒绝了几个兴致勃勃前来的“兄弟姊妹”的一片热心。里面的一个姊妹愠怒，说了几句不中听的话，咒他罪孽深重，也会重蹈其父亲的覆辙。他更加对这些人有了反感，连做好的饭菜也没留他们坐下来吃。

屋里的气雾越来越浓酽。我看着他的神情，像是一尊老庙里的木菩萨。我从没见过鹿后义和他老婆之外的家人。听说他儿子一家租房住在镇上，常年在广东打工，每年换一种营生，日子过得潇洒，回红旗湖变成了一种恩赐。有段日子，记者写了他救治一只白鹤又放飞的新闻。老鹿五岁的孙女在红旗湖的水边玩，失足溺水，四周无人，白鹤飞到家里啄他的脚，用翅翼推他的腿。他突然意识到什么，喊着孙女的名字，白鹤在前面飞，他和儿子跟着往红旗湖跑。

鹿后义嘴角咧动一下，模糊地答了一声。老金打开手机，借着酒意，朗读一段：

> 这只鹤羽翼洁白，长喙鲜红，颈脖修长，盘曲出一条优雅的弧线，左脚根部伤口殷红，四周的羽毛被渗出的血浸透。这只鹤后来成了老鹿家的一员，不愿离去。老鹿与鹤日久情深，有如北宋林逋传为千古佳话的“梅妻鹤子”。

鹿后义扫了一眼气雾中发亮的手机屏，屏光给他的脸加了一些亮度。他说他很少照镜子，有一次走过一块小水洼，水波清澈，突然看到自己，竟然不认识就是他自己。老金晃动着醉眼把他的脸收纳入相框之中，这张脸的额头嘴角长满皱纹，眼袋、法令纹、抬头纹，像湖洲上车轮碾过脚印踩过的坑洼沟壑，像无数的路通往不知道的远方。

每天晚上都做噩梦，鹿后义说他变成了一条飞鱼，披着鳞甲，发出白光，四处寻找有流水的地方，逆流而上。那些长脚的水鸟，最多的是长嘴白鹭，逐着他，尖嘴啄在他身上，鳞甲一片片掉落，像从身上撕下皮肉，像是铁籽籽一粒粒打在身上。那一刻他有种感觉，那些年，他打过的铳，都是打在自己身上。

鹿后义不紧不慢，说他还反复想起父亲生前最喜欢说的一句话：人都是孤独而终！年轻时他因为父亲不许他摸铳，不许他学会打鸟而置气，心里有个结，就像一个癌，以前没有，或者说很难发现，直到人老了才懂得，没有领悟到父亲阻挠的深义，还赌咒要违逆要超过。这些年，一个人孤独地尝着生活的滋味，心里像炸起片片焦土，屡屡有惊魂动魄之感，正如他的噩梦，一个接一个。

火炉渐熄，老金拍了拍我。我们起身离开才发现，老鹿没有坐在我们身边，他何时离开的却不知晓。

门打开，灰雾后退，道路向前延伸又戛然而止。田野、沟渠、栖息的水鸟，若隐若现，红旗湖一片混沌，不知晨分日暮。湖水退去，那些蝼蚁般的人群，也在远处天光的映衬里速速退去。

回崔百货家，脚下生风，路程像缩短了很多。门是虚掩的，老金进屋突然冒出一句："见了鬼，今晚感觉不对，老鹿像是一个没了魂魄，死到临头的人。"

我沉默不语，脱掉衣裤倒床上后，就看到天花板上一只蜘蛛来来回回爬动，像是醉酒找不到家的人。世上有生者死者，还有很多没有旅程的人。我跟老金说起我的田野调查已经编号建档，每个人的档案里有真实履历，也添加了道听途说无法证伪的故事。我质疑过这般是否严谨，想和他探讨可行性。他说，真伪并不重要，湖洲上的每一根草，是真实的，拉长时间维度，也可能是虚构的。他突然停下说话，同时发出笨拙的鼾声。我翻覆着，酒精的催眠效果似乎有些差，耳边像是鹿后义在只言片语，声音遥远地传过来，似听一只孤独的夜鹭说话。

那夜过去，清早的光景尚在迷糊之中步步相挨。崔百货嘭嘭地拍打着我们的门。窗外一片灰雾，如同天空长满阴翳。窗缝处有几颗冻结的水珠，发光的记忆。门不依不饶地响着。老金惊醒，吼道："谁呀？"崔百货并不顾及屋里人的不悦，粗着嗓子说："鹿后义死啦！昨半夜的事。"

我弹身而起，喉咙里的声音被堵住了，像是水淹及脖颈般呼吸困难，要使劲地往上昂，往上昂，心却是针扎似的，掉进无底黑洞般的疼痛。老金将身体翻了个边，背对我，过一会儿，发出孩子般尖厉的抽泣……

后记：水的行走

水走得很慢。

我们也走得很慢。

仿佛只有时间，在我们和水之间疾驰。

多年前，朋友从北方来，说要去看水。水，从四面八方走来，汇聚成湖湘大地上鼎鼎有名的洞庭湖，也流向我们的母亲河长江。

看水的行程满满当当。从慈氏塔、街河口、鱼巷子出发，沿着水岸线，跨桥往西，过君山岛、钱粮湖、注滋口，深入湖的腹地。我们驻留一个叫六门闸的地方，品尝晾晒在秋阳湖风下的鲜鱼，看一匡姓渔民在采桑湖驱逐鱼鹰捕鱼；我们乘快艇到湖中心一淤积的无名岛，看黑壮的工人磨砺刀锋割倒一茬茬麻黄色的芦苇，看鱼贩子和满脸皱纹的渔民言语不多地讨价还价。更多时候，我们选择一处中意的地方，坐视水波不停变换着姿势，从远方流向更远的远方。

朋友虽久居北方，却谙熟南方的地理风光。他大谈湖过去的辉煌、湖的盛产、湖的传说、湖的环境、还有湖面积的萎缩。北纬三十度，这可是黄金纬度。他发出一连串的啧啧之声，有赞叹也有惋惜。而我枉会背几句写湖的诗，李白的“洞庭西望楚江分，水尽南天不见云”，元稹的“驾浪沉西日，吞空接曙河”，张孝祥的“扣舷独啸，不知今夕何夕”。这是我所钟情与陶醉的。

水，给了大地灵性、厚重、声名，也给了人刁难、悲痛、漂泊。我在湖区生活多年，水养成了地方性格，也成了激荡灵魂，而往往就是经年累月守在你身边的事物，是最容易被忽视的。这种忽视像落入水中的砂石，不是外在力量的介入，就永远保持一种沉寂的姿态。

城市滨水的岸线建起了风光旖旎的沿湖风光带，每天都有旅行的人、散步的人、看水的人接踵而至。他们共同目睹过圆鼓鼓的太阳，从远处湖洲的芦苇荡中，纠结着迷蒙的雾气，浮上来，或沉下去。斑驳的云影、褐黄的苇穗，随着习习的风，遥遥地与没有边际的水光呼应，注视着水的行走、人的行走。

水的行走翻开尘封的史册。单说原为古云梦泽一部分（春秋时，梦在楚方言中为“湖泽”之意）的洞庭湖，一直活跃在历史的记载中。北魏郦道元《水经》作注指出湘、资、沅、澧，“凡此四水，同注洞庭，北会大江”，盛弘之《荆州记》中描绘，“巴陵南有青草湖，周回百里，日月出没其中”。“青草湖”就是当时洞庭湖的通称。可这些历史的文字中，谁也没道出湖的生命几时诞生。这本身就是一个无解的问题。

地壳运动造就了它，历史传说解密了它。“刘海戏金蟾”“东方朔盗饮仙酒”“舜帝二妃万里寻夫”的民间传说都源于此。湖区广为流传的是，农历二月初二，龙王为下嫁湖区恶毒财主家的三公主所遭历的不幸报仇雪恨。“龙抬头”，地裂天崩，方圆八百里陷落，积水成湖。当地百姓把二月初二定为龙的纪念日，也把这一天当作洞庭湖形成的纪念日。

湖没有源头，又有源头。远眺这个以马蹄形盆地形貌出现的湖泊，但见层林尽染湘江北去，万里长江滚滚东逝，湖湘大地上众多有名无名的河流情牵于此。没有哪一座湖泊具有它这般的包容。她就像覆盖源头的树冠，苍翠葱茏，茂盛蓬勃，万类霜天竞自由。

汨罗江是湖的支流之一。和朋友谈起曾逐水而沉的屈原，这位两千多年前的行吟诗人，笔下的洞庭那么神奇。湘君和湘夫人这一对美貌的恋爱之神，乘轻快如飞的桂舟，在娓娓动听的箫声中，飘弋于秋风袅袅的洞庭秋波之上。再回溯时光深处，李白、杜甫、孟浩然、刘禹锡、韩愈……那些伟大诗人的脚步、诗情，曾经跟着水流一起漫行、涌动。慈氏塔、岳阳楼、怀甫亭、仙梅亭、吕仙祠……这些见证历史的建筑，至今还依湖相望，以建筑的语言续写着湖的生命细节。

水的行走书写无声的言说。有水的地方就有岸，水流过，岸依旧。平坦的水面下，游动的鱼群，飘摇的水草，淤积的沙石。某一处风平浪静的湖面，船泊烟生，尖头窄肚，聚首一处，或围拱成室，或铺盖成环，俨然水上“村寨”。风从船舷的空隙处荡起一声粗犷的啸声，湖湾远处苇叶间飞掠过不甘寂寞的鸟，多为白色与黑色，清瘦的身影在水面留下一道长长的浪痕。

岸上的渔民多数在这个季节会晾晒在水中浸泡太久的渔网，聊聊平淡生活的闲言碎语。偶尔天光晴好，兴致一动的人会划一条狭长的小舟，赶一群慵懒的、把尖嘴埋进羽毛丛中梳剪的鱼鹰，在湖湾的开阔水域与鱼群嬉戏。鱼鹰的学名叫鸬鹚，它长着阔长的双翼，棕黑色羽毛层层叠叠，逮住猎物飞离水面伸展翼翅的刹那，鲜亮的羽毛透射出金属般的光泽。遇到的匡姓人家来自以水乡著称的江苏，四代人都赶过不同的鱼鹰，以水为生。匡家祖上顺水而下，逐水而居，鱼鹰瞬间从水美鱼肥的湖中将猎物叼起。人和鱼鹰，都相中岸芷汀兰、郁郁青青的洞庭湖，安营扎寨不再流浪。

人赖以生存的江河湖泊，匡爹的记忆中也有过狂躁和残暴。短视者在某种利益的驱使下，走向不可逆的生存境地。汛期到来的艰难日子，烈日炙烤，水波翻涌，洪水滔天，挣脱困缚的龙王爷怒发冲冠，集成、钱粮湖、团洲等地堤破垸溃，一片片砖屋瓦舍与粮棉作物夷为平地。仓皇的人们只有收拾仅存的家当，迁往垸外的高地。水撕裂堤岸，虽说又有新的堤岸随流而起，但在湖区平原再也看不到好的农家建筑。山可平心，水可涤妄，水教诲人学会做一个勤勉、务实、诚善、简单的人。

“人给水出路，水给人活路。”那些脸色衰黄的墙屋上，曾经诸如此类的标语扑满灰尘。人们开始琢磨与水的相处之道。水又是神奇的事物，涵盖着无尽的旷野和路径，隐蔽着所有的过往与魂灵，我们像法师道士般对着水喊着过去，也喊着被顿悟的未来。这些年来的退田还湖，生态修复，十年禁渔，守护一江碧水，成了人的自觉与自省。沿堤看水，停留之处，都变成了观赏最美水风景的理想之地。

水的行走打开幻想空间。水会吸引水，同一条河流中的水又在生发不间断的变化，乡野池塘与百数里外的江湖，以及更遥远的海洋，都是水的存在方式。和朋友拍落白日奔波的疲乏，闲坐岳阳楼新景区仿古城墙内的茶肆，漫谈湖的万千经历。这湖，夜色中是那么从容，不急不缓日夜不息地奔流着，有谁知道它背负了多少堆弃的污浊，承载了多少强加的痛苦，宽容了多少恶意的索取。可她仍像母亲对孩子一样对待着湖边栖居的人们，无怨无悔，无声无息。

愈深愈黑的夜，极目难定远近。你看不清湖的面孔，只有凭着聪敏的听力去获知，让湖风悄悄地拂动你的思绪，告诉你想知晓的一切。黑暗里包藏的事物、记忆，与流淌的水波一同飘逝。我们隐隐听见水声，是湖波拍击堤岸，又像是来自远方的湖底梦语。水不是流在湖里江里，而是流在一种叫“黑”的色彩里。

沿岸的灯火投到水面，成了满湖的星子。湖波奔流，人事皆非。历史的沧桑巨变和凝重呼吸就深深地植入浩渺的湖波里。清凉的湖风中夜色渐浓，这一湖奔流不息的逝水，将赴向何方？一丝一缕纠缠的生命困惑奔袭而来，宇宙的浩瀚，岁月的沧桑，人类的苦难……思绪如湖边潜滋暗长的苇草，飘摇，飘摇。我对朋友说我不是湖边常客，我更习惯远远地听，倾听湖的心语，想象一湖水的前世今生，思索一湖水的明日未来。

每一道水流都充斥着奔涌的力量，这种坚定不移足以抚慰人心。清澈、纯洁、深邃、沉睡、狂暴、多情，水有它的语言和表达，也有它的视觉和原则。心意涣散的时候，我都会到湖边走一走，看水从无尽的时间里流过，也从广袤的空间里流过。越来越多的人走在湖的身边，一抹微光从深邃的夜空中扑落脚下，我们的脚步尾随行走的湖水，却始终赶不上她微漾的余波。只有感受到的每一种遥远的声音，从四面八方蜂拥而来，直抵心灵。这个时刻，人的思绪会飞翔，人的精神会腾展，像自由的鸟，像射穿历史的风，像奔跑的梦想，在宽广无垠的水波上独自演唱……水是有魔法的。我想到人类学家洛伦·艾斯利说，倘若世上真有魔法，它一定隐藏在水中。

岸是水的疆界，水又是没有边界的。高空的飞鸟、远游的鱼、丰茂的植物、穿越湖区的人，都会把水带走，带到未曾想到达的地方。水的边界也无限扩大。这些年过去，我没有中断过返回，回到湖的身旁。我睁眼闭眼就能看到它的波澜，听到它的涛声，闻到它的呼吸，但我似乎一直在与之擦肩而过。我掩护着“我”躲闪、撤离，我也扶持着“我”遇见、深入。对一个写作者而言，毫无疑问，这是最有力量、最富情感的一块福地。它生长万事万物，也生长欲望人心。也许我毕生内疚的，也是我从这块土地上索取过那么多，却还没有过任何回报。我想从水流中“创作”一个未来，那里有对这块土地最坦诚的信任和依赖。

离开湖区的我更加眷恋出生地、出发地。我记不得有多少次和当地的朋友（湿地工作者、媒体记者、生态保护志愿者、水生动植物研究者、作家、摄影家、画家等）多次深入到洞庭湖腹地、长江集成孤岛，去经历今天的变迁，也经历过去的光阴。那里有许多的小村庄，七星、红旗、春风、采桑、六门闸，只是其中的地名代表；有叫出名或不认识的草木、虫鱼、鸟兽，是探察荒野的指南；遇到很多命运各异的渔民、胸怀壮志的保护区工作者、天南海北的外来者，在水面照见自己的模样；我在渔民家中借住，也在冬天空旷无人的湖上坐船夜宿过。那些日子，我见到了与过去认知中不一样的湖，在人身上看到比湖更广阔的性情、心灵。那些经历过风浪的人，也正是在水流之中获得生命的力量。

水的内涵远比我们见到的模样要复杂。在与水的对视中，我看清人，也看清自己。我带着敬畏、悲悯、体恤的“偏见”，沿着水的足迹寻访。我选择将行走的笔墨放在湖区许多既普通又不寻常的人身上，试图在打捞他们的人生往事时将属于江河、湖泊的时光挽留，学习承受艰难、困阻与死亡，尝试以超越单一的人类视角，去书写从城市奔赴偏僻之地的“我”对生活、生命与自然的领悟。遇见的人们，从不吝啬地讲述他们的过往，与水在一起的遭际。那里抬头有星辰闪烁，侧耳有风声尖利。这些忽略的、消逝的、遗忘的过往被我逐一唤醒。我像是撒下对人的生存状态共情与关怀的种子，也愈加敬重那些历经艰难的开拓、生生不息的勇毅。因为有那些纷纭、繁杂，也就有了澄明、肃穆的镜像。我心中流淌感伤、悲情，也流淌感动、豪迈。总会有莫名的时刻，于江湖之上、时空之中碰撞，江湖儿女的命运也于此引啸长鸣。

天地间，水流旁，光影里，我始终会看到一个人，与自然万物一起风雨同行、相濡以沫、坚韧生长。那又不仅是一个人，而是前赴后继的一群人。

我理应向他们顿首致谢，并致以深藏心间的诚挚敬意！

于长沙月亮岛

2021年10月20日

有度文化

北岳好书风

大湖消息

出品人	郭文礼	选题策划	刘文飞	责任编辑	刘文飞　张　昊
助理编辑	马媛慧	复　　审	席香妮	终　　审	贾晋仁
封面题字	王跃文	封面绘图	戴　剑	内文插图	杨发凯
书籍设计	张永文	印装监制	郭　勇	项目运营	有度文化・刘文飞工作室

投稿邮箱｜liuwenfei0223@163.com　　微　　博｜http://weibo.com/liuwenfei0223

微信公众号｜YOUDU_CULTURE